# だから僕は君をさらう

斎藤千輪



双葉文庫

# 目次

だから僕は君をさらう

# 序章

## 「ある犯罪者の回想」

平成二十五年(2013年)七月の出来事

陽だまりのように温かくて。
空を飛ぶ鳥のように自由で。
川を泳ぐ小魚のように愛らしくて。
海を舞う珊瑚《さんご》の卵のように美しい。
――紫織《しおり》。

ポツリと名前を呼んでみた。そこにいるはずがないのに。
もう二度と逢《あ》えないのに。

昭和のような古びた部屋。同じく古びたアルトサックス。
一緒に食べた粗末なチャーハン。
ただ、そばにいてくれただけで。それだけで、うれしかった。

こうして彼女を想うと、胸の奥に確かな熱を感じる。
君に逢うまでの自分が、どれほど凍《こご》えていたのか、今ならよくわかる。

感傷的なのは好きではなかった。我ながらクサくて笑いそうになる。
だけど、交番の入り口をくぐったら、自分は犯罪者として逮捕されるのだ。
一体なぜ、こんな罪を犯したのか、執拗《しつよう》に責め立てられるだろう。

だから――。

もう少しだけ、想い返していたいんだ。
あまりにも短くて、とてつもなく濃密だった、紫織との日々を。

# 第一章

## 「始まりの白いハト」

平成二十五年（2013年）五月の出来事

1

川は今日も、ゆるやかに流れていた。

向こう岸に屹立《きつりつ》するビル群の上に、薄暮《はくぼ》の空が広がっている。

入り日に染まった雲のすき間から、月が淡い光を放つ。

雲の桃色が翳《かげ》るにつれ、乳白色の月が徐々に浮上し、ほぼ完璧に近い円形があらわになっていく。

――月って、こんなに大きかったっけ？

思いのほか神々しい景観を前に、守生《もりお》光星《こうせい》はライブのセットリストを考えあぐねていた。

気分的には、ムソルグスキー『展覧会の絵』より『古城』。もしくは、レスピーギ『ローマの松』より『アッピア街道の松』とか、交響曲を情感たっぷりに吹き鳴らしたい。

いや、クラシックじゃなくてエンタメ系でもいい。ジョン・ウィリアムズの『E.T.』とか、『スター・ウォーズ』のテーマ曲なんかでも面白い。

だが、交響曲はいくつもの楽器の音色と旋律が合わさって完成するもの。ソロのアルトサックスだけでは味気ない。

しかも、ここは河坂《かわさか》駅のすぐそばにある玉美《たまび》川の河川敷。周辺に点在するビニールハウスの住民たちが、密かに聴いているかもしれないではないか。となると、オープニングは誰もが知るスタンダードナンバーを選ばざるをえない。

守生は見えないオーディエンスを意識しながら、両手でアルトサックスのキーを押さえた。マウスピースをくわえ、腹の底から息を吹き込む。

『ムーン・リバー』。

オードリー・ヘプバーン主演の映画『ティファニーで朝食を』の劇中歌。流れゆく河を希望と重ね合わせて、「いつの日か幸せが訪れる」と、自分を励ましているかのような歌だ。

守生はビブラートを強めに効かせ、メロディを装飾するオカズを目いっぱいちりばめて、自分が美しいと思う音のカタチを創り上げていく。

脳裏に蘇《よみがえ》るのは、ヘプバーンふんするヒロインのホリーが、ジバンシイのオートクチュールドレスでNY五番街〝ティファニー本店〟のショーウィンドウを覗《のぞ》き、クロワッサンをかじる冒頭の場面、ではない。

彼女が洗い髪をタオルで巻き、アパートの窓辺でギターを抱えて、この曲を弾き語るシーンだ。あの、無防備な素顔をさらけ出したホリーほど可憐なヒロインを、守生はまだ知らない。

このまま演奏を終えて振り向くと、いつの間にか近づいていたホリーが、愛らしく微笑《ほほえ》んで拍手を送ってくれるのだ。

そんなイタい妄想を抱きながら、銀色のサックスを胸のあたりまで持ち上げた。

そのまま上半身を後ろに反らし、最後のロングトーンを高らかに響かせる。

――背後で誰かが拍手をした。

驚いて振り返ると、ビニールハウスの住民らしき長髪の中年男が立っていた。

未開封のカップ酒を首と肩で挟みながら、手を大きく叩《たた》いている。

「オニイサン、なかなかやるねえ」

ニンマリ笑う男の髭《ひげ》だらけの口元から、上のひとつがスッポリ欠けた前歯が見える。サックス奏者には絶対になれない歯並びだ。

「……どうも」

意外なオーディエンスの登場に戸惑《とまど》いつつ、守生は軽く頭を下げた。

「素人《しろうと》さん、じゃねえよな?」

男の鋭い眼光に射すくめられ、どう答えるべきか迷ったが、とりあえず「ええ、まあ」とだけ答えておいた。

「クラシックじゃねえし、ジャズ専門って感じでもねえな。妙なグロウのクセがある。ありゃ、演歌かムード歌謡だな」

ずばり言い当てられてしまった。

グロウとは「唸《うな》る」という意味を持つ、のどの奥で声を出しながら音を歪《ゆが》ませて吹く奏法。演歌のコブシと同じような効果があり、ジャズやロックでも必須のテクニックなのだが、やりすぎると下品になりかねない。

守生の場合は、クラシックでさえも無意識にグロウを入れてしまうという、やっかいなクセがついていた。

「……詳しいんですね」

目の前の相手をなんと呼んだらいいのだろうか？

視線を泳がせる守生の思考を悟ったのか、男はバリバリに固まった髪をかきむしりながら言った。

「ケンと呼んでくれ。頭でっかちなド素人が、わかったような口利《き》いてすまん」

その様子がユーモラスに見えたので、少しだけ心の扉を開けることにした。

「いえ、ケンさんのおっしゃる通りです。僕、ずっと半生演奏のカラオケパブで働いてたんですよ。年配のお客さんが多くて、演歌のリクエストも多かったからクセになっちゃって」

「半生演奏？」

「カラオケの音源に生演奏を入れて歌っていただくんです。だから半生演奏。マスターがギターで、自分がサックス。あ、僕、守生です」

「ふーん。今はそんな店があるんだ。面白そうだなあ……」

ケンはサックスを舐《な》めるように見つめた。

「セルマーのマーク7《セブン》。しかもシルバープレートか。渋いねえ。高かったろ？」

「友人から格安で譲ってもらいました」

「この色褪《いろあ》せ具合、かなり年季入ってんな」

楽器にも詳しそうなケンがカップ酒のフタを開け、「飲むかい？」とすすめてくれたのだが、「アルコールは苦手なんです」と嘘をついて断った。

アルコール依存症なのか、両手が細かく震えている。指に弦ダコらしき膨らみがあった。もしかしたら、ミュージシャンだったのかもしれない。

「『働いてた』ってことは、もう辞めちゃったわけ？」

「店がつぶれたんです。マスターが夜逃げ同然にいなくなっちゃって……」

「そりゃ災難だったな。モリオ、立ち話もなんだから、ここに座ろうぜ」

ケンはさっさと草むらにあぐらをかいた。

いきなり呼び捨てかよ、と苦笑しながら、守生はマウスピースにキャップをはめ、サックスを抱えて隣に腰を下ろす。

そして、いつの間にか親近感を抱いていた相手に問われるがまま、身の上話をはじめた。

中学、高校と吹奏楽部でアルトサックスを吹き続け、プロに憧《あこが》れる気持ちは多少なりともあった守生だが、音大に進学できるほどの金銭的余裕も、絶対に一流サックス奏者になってやる！　という気骨も持ち合わせてはいなかった。

それでも音楽に触れられる仕事がいいなと思い、高卒で中堅の楽器メーカーに就職。営業として働いてみたものの、サービス残業の連続で音を奏でる時間など一切なく、嫌気が差して五年目に退社。その後は飲食店でのアルバイトを転々とし、サックスは唯一の趣味として、誰に聴かせるわけでもなく続けてきた。

河坂のカラオケパブ『歌ラブユー』のホールスタッフになったのは、今から二年ほど前だ。当初は、セミプロのバンドでギター担当だった老齢のマスターが営む、ごく普通のカラオケパブだった。その後、「カラオケ音源に生ギターをのせる」というマスターのアイデアで、店は半生演奏のカラオケパブへと変貌。

守生がサックスを嗜《たしな》んでいることを知っていたマスターから、「一回だけ手伝ってみて」と頼まれたことがキッカケとなり、サックス奏者としてもギャラをもらえるようになった。

マスターの音楽仲間を中心とした客が歌うのは、チェッカーズや安全地帯、レベッカといった昭和の邦楽ロックが大半で、五木《いつき》ひろしやら八代《やしろ》亜紀《あき》やら、往年の演歌を好む常連も多かった。マスターは毎晩、嬉々《きき》としてギターを弾き、守生が入れるサックスのアドリブも大いにウケた。

ごくたまに、ワンオクク(ロック)とかバンプ(・オブ・チキン)とか、マスターの知らない今どきの邦楽ロックを歌いたがる、空気の読めない客が迷い込んできたりもした。

そんな〝ホームなのにアウェイ〟というアンビバレントな雰囲気の中でも、マスターは果敢に半生演奏に挑む。大抵、ズレズレのギターリフをかまして客に迷惑がられることになるのだが、いつも楽しそうなマスターとの仕事を、守生はそこそこ気に入っていた。

『歌ラブユー』は、築五十年以上は経つマスターの持ち家の一階にあった。外観も内装も、いかにも昭和な感じのレトロな店で、二階の住居部分は賃貸にしていた。店が半生カラオケパブになった頃、ずっと住んでいた借り手が引っ越したので、守生が二階に住むことになった。

家賃はそれまでいたアパートよりも安いし、営業前の店で好きなだけサックスの練習ができるし、守生にとっては理想的な住居環境だったのだが……。

その生活は、半年ほど前に終焉《しゅうえん》を迎えた。客が減って経営が立ちゆかなくなったマスターが、守生の知らないうちに持ち家を処分し、「ごめん」と書かれたメモを残して行方をくらましたのだ。

どうやら、多方面からの借金を踏み倒していったらしい。

あっという間にカラオケ機材やテーブルセットが業者に引き取られ、店内はもぬけの殻となった。

なぜかマイクだけが床に転がっていて、それがやけに物悲しかった。

「――で、サックスの仕事は、もうやらないのか？」

カップ酒を飲みほしたケンが、空ビンから守生に視線を移しながら言った。

「そんな仕事、そうそうないですよ。僕なんかどうせ、グロウのクセがついちゃった半生プレイヤーですから」

「まあ、ミュージシャンの仕事なんて、博打《ばくち》みたいなもんだからな。食えなくなったら俺んちの隣に来りゃいいさ。リバーサイド暮らしも悪くねえぞ」

ケンは口元をニヤリと歪ませた。

「それもありっすね」と調子を合わせながら腕時計に視線を走らせる。

守生が想定していた妄想ライブの演奏時間は、とうにすぎていた。

「そろそろ帰らないと」

「おお、話し相手させちゃって、悪かったな」

「いえ、楽しかったです」

「次のライブは、いつの予定だい？」

「んー……来週月曜日の夕方かなあ。雨天中止だけど」

「じゃあ、俺もスケジュール空けて聴きに来るわ」

真顔で言うケン。守生は思わず笑ってしまった。

「このオッサン、いつも暇なくせに何言ってんだって、いま思っただろ」

「……すみません」

守生が恐縮すると、ケンは大口を開けてハハハと笑い飛ばした。

「こう見えて案外、忙しいんだよ、俺も。じゃあ、またな」

彼はさっと立ち上がり、ビニールハウスが並ぶ方向に歩いていった。

玉美川に視線を移すと、薄藍色の空に浮かぶ月の光が、川面《かわも》を静かに照らしている。初夏のそよ風が青葉をさらりと揺らし、素肌をやわらかく撫《な》でていく。

守生はサックスを分解し、素早くケースに収めて立ち上がった。

勢いよく足を踏み出そうとして、あわててその足を止める。

――ヤバ、忘れるところだった。

ケースの横に置いていた青いビニール袋を、左手で持ち上げる。

ずっしりと中身の詰まったビニール袋は、右手にぶら下げた黒革のサックスケースよりも、少しだけ重く感じた。

## 2

車が行き交う大通り沿いを歩き、電車の音が響く陸橋を潜《くぐ》り抜けると、やがて、派手派手しくネオンがぎらつく歓楽街が見えてきた。

東京に隣接しているため交通の便がよく、都市化が目覚ましい河坂市の中でも、ひときわ華やかな様相を見せる河坂駅。その西口側に広がる歓楽街には、飲食店や雑貨店などがびっしりと詰まったビルが並び、奥に進むにつれ、風俗店やラブホテルの看板が目立つようになる。

守生が入った路地では、客引きが通行人に声をかけまくり、無視されるたびにダルそうな表情を浮かべている。

「よお、モリオ先生」

ちゃらいスーツ姿の男に話しかけられた。

『歌ラブユー』にいた頃から知る、同世代のスカウトマンだ。主に、風俗店で働く女性を道端でスカウトしている。

「サックス持ってどこ行くんすか。あ、あれかな？　小澤征爾《おざわせいじ》の指揮でコンサート。モリオ先生、売れっ子だからなー」

口元を歪めるスカウトマンの揶揄《やゆ》を、「まあ、ちょっと」と曖昧《あいまい》な笑みで誤魔化《ごまか》す。

彼やその仲間から、陰で「貧乏サックスマンのモリオ先生」と呼ばれているのは知っている。持て余す時間が多く、内輪で盛り上がれるネタを探しているスカウトマンたちにとって、無口な守生は格好のからかい相手なのだ。

やっぱり、明日からは自転車で川に行こう。

そう決意して歩みを速める。

誰かと誰かが言葉を交わす声。各店舗から流れるジャンルがバラバラなBGM。ゲーセンからこぼれてくる騒がしいコンピュータ音。統一性のないノイズが、両耳のあいだを通り抜けていく。

近代的な商業ビルや高級デパート、こじゃれた高層マンションが立ち並ぶ東口側とは、あまりにも対照的な光景。

しかし、人生に過度な期待などしていない自分には、この雑然とした西口側のほうがお似合いだと、常々感じていた。

「なんだよバカヤロー」

ベロベロの酔っ払いが近くでつぶやいた。何か嫌なことでもあったのだろう。

ふいに、玉美川で出会ったケンの顔が浮かんできた。彼も酔っ払いだったので、思い出したのかもしれない。

先ほど川で明かした身の上話には、大事な情報が抜け落ちていた。もちろん、わざと抜いたのだが、ときには誰かに話したくなることもある。それが今だ。

ケンさん、実はですね――。

守生は、心の中でケンに語りかけた。

――実は僕、誘拐犯の息子なんです。

僕が十三歳のとき。中学一年生の秋に、身代金目当ての誘拐をやらかしたオヤジが死にました。そのせいで、生まれ育ったこの街を離れることになって、就職するまでは長野の児童養護施設にいて。

ここに戻ってきたのは、三年くらい前なんですよ。

その事件は、今から十六年前、平成九年（1997年）十一月にこの街で起きた。『神奈川県河坂市女子中学生誘拐事件』と報道された、身代金目的の誘拐事件だ。

身代金を要求されたのは、河坂市在住の会社経営者。中学三年生の娘が行方不明になり、捜索願を出していた彼の元に、「娘を預かっている。三百万円を用意しろ」との電話があった。

神奈川県警は極秘裏に捜査を開始。犯人が指定した市内のレストラン駐車場に捜査員が配置された。だが、駐車場に現れた男は捜査員に気づき、現場から逃走。道路を横切ろうとして乗用車にはねられ、搬送先の病院で死亡した。

誘拐された娘は、現場付近に駐車していたレンタカーの中から無事に保護された。

犯人は三十六歳の飲食店経営者・守生源治《げんじ》。

金銭面で困窮していたことが、犯行の動機だったと思われる。

――守生源治。

父親の顔が浮かびそうになり、頭を何度も左右に振った。

代わりに現れたのは、父が誘拐した娘、式田桐子《しきたとうこ》の顔だ。

おっとりとした、見るからにやさしい顔の桐子。同じ街に住んでいた二歳上の幼なじみ。

親同士が知り合いだったため、子どもの頃からよく遊んでいた。

「トーコ」と甘え声で呼ぶと、「なあに？」と頰《ほお》にエクボを浮かべて返事をしてくれる。近くにいると、いつもバニラアイスのようないい香りがした。

ひとりっ子だった桐子は、同じく兄弟のいない守生を弟のように思っていたらしいが、守生にとっては初恋の相手とも呼んでいい存在だった。中学で吹奏楽部に入ったのは、桐子も別の学校でフルートをやっていたからでもある。

彼女は守生と同じ公立中学校ではなく、私立の小中高一貫校に通っていた。

あの頃は、お互いの部活終わりに桐子が守生の家に来て、一緒に楽器の練習をするのが守生の楽しみになっていた。

自分はアルトサックス、彼女はフルート。音を抑えて共に曲を奏でたあとは、一緒にゲームをしたり、テレビを観たり――。

その桐子とは、事件以来、一度も顔を合わせていない。

父親が初恋の相手を誘拐し、彼女の親を脅迫して死んだ。

消したくても消えない、忌まわしい記憶。

事件後に飽きるほど浴びた、好奇の視線。嘲笑《ちょうしょう》する声。憐《あわ》れみの言葉。

あの、嵐の中でもみくちゃにされるような、でたらめなリズムの不協和音が鳴り続くような不快感を味わうのは、もう絶対に御免だった。

今はただ、平穏無事に暮らしていたい。

そのために必要なのは、周囲から浮かないことだ。

自分と関わろうとしてくれる相手には敬意を示すし、面倒だなと思った相手でも無視はしない。無視という行為は余計なノイズを生む場合があるから、どんな相手にも調子を合わせて、同じリズムを奏でてみせればいい。

――本音を隠しながら。

守生は、そう肝に銘じていた。先ほど出会ったケンやスカウトマンに対して、そうしていたように。

歓楽街を抜けた先は、古い民家やアパートが軒《のき》を連ねる住宅地。

その一角に、四方を塀で覆《おお》われた、この辺りでは浮くほど瀟洒《しょうしゃ》な寺院がある。

守生はいつものように山門から入って境内《けいだい》を横切り、裏門から出る家への近道を通ることにした。

ほのかにライトアップされたこの寺院は、二十四時間ずっと門が開いている、利便性の高いスポットだ。うっそうと大木が繁る境内に足を踏み入れると、清らかな空気で心が洗われるような気がしてくる。

威厳すら感じさせる本堂の前で一礼し、奥の墓地を通って裏門を目指す。

静寂に包まれた宵闇の墓地。まさに肝試し的なシチュエーションだが、見慣れた風景なのでどうってことない……と思っていたら、視界の片隅で黒い影が揺れた。

――ほんの一瞬だけヒヤッとした。

しかし、そっと近寄ってみると、それはセーラー服を着た少女の後ろ姿だった。

薄紫のアジサイが咲き誇る区画の、ひと際立派な墓の前に立っている。

墓石の表面には「白部《しらべ》家之墓」とあるだけで、ほかには何も刻まれていない。

彼女は墓石に向かって、少し舌足らずに聞こえる話し方でささやいた。

「あのね、紫織、決めたから。もう少しだけ待ってて。紫織が、ちゃんとやるから」

紫織――。

少女が口にした名前を頭の中で反芻《はんすう》した。

一体、何を決めて、何をやろうとしているのだろう？

気になって足を止めた守生の前方で、少女が線香を供える香炉を横にどかした。

次に、香炉の下にあった納骨棺の石板に両手をかけ、「んしょっ」と力を込めて動かそうとする。だが、石板はピクリとも動かない。

なんなんだ、一体……？

ギョッとしつつも、諦《あきら》めずに何度も繰り返す少女から目が離せない。

また「んしょ」と力む愛らしい声がした。

石板の下に納められているであろう、かつて人だった骨壺の中身に、用事があるのかもしれない。だとしたら、それはとても大切な人で、大切な用事のはずだ。

声をかけるべきか、通りすぎるべきか迷った。お節介など自分の柄ではない。だが、突如あふれてきた衝動を抑えきれず、後ろからそっと声をかける。

「手伝おっか？」

少女は肩をビクリとさせて、素早く振り向いた。

雲間に隠れていた月が顔を出し、淡くも美しい光が目の前の相手を照らす。

前髪を眉《まゆ》のあたりで揃《そろ》え、耳の前にひと房の黒髪を垂らしたツインテール。黒目がちの大きな目をしかと見開き、あどけない口元を微《かす》かに震わせている。

――怯《おび》えた子猫だ。

そんな印象を抱いた小さな顔に、涙の筋を認めた刹那《せつな》、守生の心臓がドクンと音をたてた。内心の動揺を悟られないよう、無表情を心がけながら墓に目を凝らす。

石板はコンクリートのようなコーキング剤で固定されている。

「バールとかでやんないと無理かもな」

守生が足を一歩前に踏み出すと、少女は地面に置いてあったスクールバッグを持ち上げ、野生動物のような速さでダッシュした。

「あ、ちょっと……」

背中に向かって言ったものの、彼女は細い足を懸命に動かして、山門の方向に走り去ってしまった。

——やっぱり、声なんてかけなきゃよかったな。

自分らしくない行為を悔やみつつ、両手の荷物を下ろして香炉を戻し、墓石の前で軽く手を合わせてから帰路についた。

強烈な印象を残して去っていった、紫織という名の少女。

彼女に声をかけてしまった瞬間から、俗に〝運命の糸〟と呼ばれるものが複雑に絡み始めたことを、守生はまだ知る由《よし》もなかった。

## 3

寺院のほど近くにある守生の住まいは、昭和風の半生カラオケパブから、遠目にはモダンに見えなくもない黒い建物に生まれ変わっていた。

この家を買い取った新オーナーが、改装して新たな店をオープンさせたからだ。

黒壁の店を正面から眺めると、中央にある板扉の上に『SUN&MOON』というアイアンの文字が掲げられ、横のダウンライトで照らされている。窓はロールスクリーンが下ろされているため、外からは中の様子がわからない。扉の左右に大きな白い壺に入った観葉植物が置いてあるだけで、ほかに目立つものはない。

ここが女性専用の〝ストーンセラピー・サロン〟だとは、きっと誰も思わないだろう。

ストーンセラピーとは、温めた天然石とオイルを使い、全身をマッサージするエステティックのようなもの。石の遠赤外線効果が代謝を高め、疲労回復や美容効果も得られるのだと、新オーナーが熱く語っていた。

残念ながら守生は体験したことがないので、効果のほどは不明だ。

店の前を通り、奥にある外階段を上がって二階の住居へ向かう。

二階の外壁や屋根など、通りから見える部分は黒で統一されたが、人目に触れない階段や住居の入り口は、改装されずに相変わらず昭和の香りが漂っていた。

ひび割れたコンクリートの踊り場。傷だらけになった木の玄関扉。その横にあるチャイムはとっくの昔に壊れ、今や、なんの役にも立たない突起物に成り果てている。

玄関扉を開けるとすぐ台所だ。狭い玄関でスニーカーを脱ぐ。流し台の手前にサックスケースと青いビニール袋を置いて、左奥にある擦《す》りガラスの引き戸を開けた。

海辺の民宿のような縦長の畳部屋。

真ん中の襖《ふすま》を取り外してしまったため、広さは十二畳ほどある。敷居から手前の六畳が居間で、安物の布ソファー、ちゃぶ台風の小さなテーブル、テレビ、パソコン机が置いてある。

奥の寝室スペースには、マットに敷布団を置いただけのベッドとタンス、電話機などがあり、その向こう側は窓と小さなベランダだ。

広さは申し分ない。設備は古いがトイレも風呂もある。

守生は、この時代遅れの生活空間に、そこそこ満足していた。

コンポにつないだデスクトップパソコンを操作して、今夜のＢＧＭを選ぶ。テンションが上がって作業がはかどる、トランス系の音楽にしておいた。

台所に戻って青いビニール袋を流し台に置く。中身をひとつ取り出して、手の平にのせる。鶏の卵くらいの石が、ちんまりと鎮座している。

守生がずっと持っていたビニール袋の中身は、玉美川でコツコツと拾い集めた石ころだった。全部で十三個。どれも理想的な大きさの素材だ。

この石をストーンアートに仕上げるのが、守生のアルバイト仕事だった。


〈ストーンアートの作り方〉
一　石の汚れを丁寧に洗い落とし、しっかり天日で干す。
二　乾いたら、アクリル絵の具でペイントする。
三　先にベースとして黒い絵の具を塗る。
四　黒の上に金色をのせてニスでコーティングをする。
五　完全に乾くまで待つ。
――以上で、渋みのある金色のストーンアートができ上がる。

意外と手間がかかるが、石ころと道具さえあれば、誰にでも作れるだろう。

「さて、洗うか」

守生が独り言《ご》ちると、いきなり玄関扉が音をたてて開いた。

「モリオくん！」

「……ノックぐらいしてくださいよ」

守生は振り向きざまに文句を言った。

「ごめーん。モリオくん、家にいるときは鍵かけないから、つい勝手に開けちゃうのよね。スタッフルーム感覚で」

アロマの香りを振りまいて玄関に立つ女性が、後ろ手で扉を閉めた。

アーチ形に整えた眉の下で長い睫毛《まつげ》を瞬《また》かせながら、一歩前に歩み寄る。栗色のボブヘアが揺れ、またアロマがふわんと香ってきた。

この白衣風の制服が妙に似合う彼女こそ、サロンと住居部分の新オーナーで、守生の雇い主でもある片瀬夕華《かたせゆうか》だ。

歳はたぶん、三十代後半。いや、もっと上かもしれない。まさに、〝年齢不詳の美魔女〟という形容がピッタリな女性だった。

「ねえ、ストーンの在庫三個ちょうだい。売り切れちゃったの」

「ああ、はい」

守生は台所の隅っこに置いてある小型金庫のダイヤルを回した。金庫の中からゴールドの石を取り、カゴに入れて差し出す。

「ありがと」

受け取った夕華は、カゴの中に目をやって満足そうに微笑んだ。

「モリオくんのゴールドストーン、すっごい評判よ。これが近くにあると癒《いや》されるって、さっきも言われちゃった」

「……でも、それって錯覚ですよね」

下のサロンでは、夕華が考案し、守生が作ったストーンアートを、〝癒しのゴールドストーン〟という大仰《おおぎょう》なネーミングで販売しているのだ。

「もー、いつも言ってるじゃない。神社のお守りと同じなの。そのアイテムにパワーがあるって信じれば、本当に効果がでるのよ」

「お守りの十倍くらい、値段が高いと思いますけど……」

「安物じゃだめなのよ。それなりの値段がするから、大事にしてもらえるんじゃない。ピカソの絵だって、利休《りきゅう》が作らせた茶器だって、勝手に高く値を付けたのは人間よ。あなたのアートに価値が付いてるんだから、いつまでもグダグダ言わないの」

ややハスキーで艶《つや》のある声で言い切られて、守生は黙り込む。

世の女性たちからカリスマセラピストと崇《あが》められている夕華に、太刀打ちできるわけがない。彼女が「太陽のパワーを秘めた、癒しの石なんです」と微笑めば、野原で陽にさらされていた石ころだって、飛ぶように売れてしまうのである。

サロンでは、クリスタル、ラピスラズリ、ローズクォーツといった天然石も販売しており、その在庫も、夕華が用意した金庫で守生が管理している。石の種類によって、〝浄化作用〟〝恋愛運向上〟などの効果があるらしいが、守生はまるで興味がなかった。

「もういいでしょ。モリオくんは、せっせとストーンを作ってくれればいいの。最近、お取り寄せしたいって、問い合わせも増えてるのよ」

夕華が口元をほころばせ、「じゃあね。わかってると思うけど、あなたがストーンを作ってること、誰にも言っちゃダメよ。うちのスタッフにもね」と言って扉を閉めた。

守生は一瞬、彼女を追いかけて「玄関チャイム、いつ直してくれるんですか!」とクレームを入れようか入れまいか迷い、「……それで不自由してるわけでもないしな」と、毎度のことながら角が立たない選択をした。

半年前のことを思い出す。

マスターの夜逃げで途方に暮れていた守生の前に、元々『歌ラブユー』の客だった新オーナーの夕華が現れ、「うちのサロンでバイトしない? 手伝ってくれるなら、この部屋の家賃も据え置きでいいわよ」とにこやかに提案されたのだ。

「やります！」と、バイト内容もわからずに引き受けてしまったことを、今では少し後悔している。

まさか、そのバイトがいんちきパワーストーン作りだったとは。

この決して安くはないストーンの作り手が、仕事にあぶれた貧乏男だとバレたら、一体どうなってしまうのだろう？

――しょうがない、これも流れだ。

考えることを放棄し、無心で河原の石を洗いはじめた。

## 4

翌日。守生はいつものごとく、一階の裏口からストーンセラピー・サロンに入った。奥に向かって「おはようございます」と声をかける。

時刻は午前十時半。サロンはオープン前の準備中だ。

「あ、おはよう」

白衣姿の夕華が仕切りのカーテンを開けて顔を出した。

「これ、今日の分です」

守生がカゴを差し出す。ベルベットの布を敷いたカゴの中には、住居で保管しているゴールドストーンと、色とりどりの天然石が入っている。

「ご苦労様」

夕華はカゴを受け取り、忙しそうにカーテンの向こうへ消えた。

ストーンの納品をしたあとは基本的にフリーだ。その日のノルマ分のストーンを作らねばならないのだが、それは自分のペースでやればいい。

ただし、午後十時前には必ず帰宅することになっている。毎晩閉店の十時をすぎると、夕華が売れ残ったストーンと天然石を金庫に預けにくるからだ。

金庫のそばで寝起きしている守生は、番犬の役割も担っているのだった。

「イヌの～おまわりさん、困ってしまってワンワンワワ～ン、か」

自虐的に口ずさみながらサロンを出た。

階段の横に駐《と》めてあった自転車に乗って、玉美川へと向かう。

目的はゴールドストーンの素材集めだ。

日中は閑散とした歓楽街を通り抜けて、大通り沿いをひた走る。

空はぶ厚い雨雲に覆われ、空気がねっとりと湿り気を帯びている。

なめらかなアスファルトの道。似たような建物が次々と現れては、すぐさま後ろに消えていく。

やがて、玉美川の土手が見えてきた。

土手の階段横に自転車を置き、階段から河原に下りる。

週末とあって行楽客が多い。比較的静かな川辺を選び、周辺を物色する。雨が降る前に石を集めなければならない。

よさそうな石を見つけては、新聞紙にくるんで青いビニール袋に入れていく。

その単純作業を繰り返していたとき、突如異変が起きた。

パーーーン！

何かが弾けたような音。続いて、女の子の甲高《かんだか》い叫び声。

守生は反射的にビニール袋を放り投げ、音のした方向に走った。

そこは、青葉の木が点々と立っている、ひと気のない草むらだった。

白のサマーニットにデニムのミニスカート、素足にスニーカーを履いた少女が、小学校高学年くらいの男児と向き合っている。

短パン姿の太った男児は、両手で違和感のある黒い物体を握りしめていた。

——拳銃だ。

「許さないからっ」

怒声を発したのは、両腕で純白のハトを抱えた少女だった。

燃えるような眼で男児を睨《にら》みつけている。

ハトは羽根から血を流し、赤目をしばたたかせていた。

少女の真っ白なサマーニットの胸元が、鮮血で汚れている。

ポニーテールに白いリボンを結わえた彼女が、墓地で納骨棺の石板を動かそうとしていた紫織であることに、守生は気づいていた。

「許さない！」

紫織が男児を睨んだまま、もう一度叫ぶ。

「あ、当てる気はなかったんだよ！」

男児は震えながら言い訳をし、その場から逃げようとする。

面倒ごとには関わりたくない。でも、紫織のことはなぜか気になる。

男児を捕まえるべきか放っておくべきか迷っていると、背後からドスのきいた声が響いてきた。

「待てコラ」

長髪の男が男児に飛びかかる。

「あっ、ケンさん！」

驚く守生の前で、ケンは「放せよ！」と暴れまくる男児を片手で抱え、拳銃をもぎ取った。

「コルト・ガバメントのエアガンか。やけにデカい音がしたな。これ、違法改造してあるだろ？」

「知らないよ！」

「お前、こんなヤバイもん持ってたら銃刀法違反で捕まるぞ。あ、鳥獣保護法違反もやらかしたみたいだから、立派な犯罪者だな」

男児の顔がすっと青ざめた。

「だから、本気で当てるつもりじゃなかったんだってば！」

と言いながら、ケンの腕から必死で逃れようとする。

「これ、お前のか？」

「違うよ！」

「だよな。じゃあ、親父のか?」

ケンの問いかけに、男児がピタッと動きを止める。

「……そうなんだな。よし、身体検査だ。服を脱げ」

「ちょっ、ケンさん、なに言ってんですかっ?」

守生の言葉を無視して、ケンは男児のTシャツと短パンを無理やり脱がせた。

「ギャアーーー! 人殺し!」

「うるせーな。人殺しも可能な武器をぶっ放したのは、お前だろーが」

ケンはエアガンを持ったまま、パンツ一丁で喚《わめ》く男児の身体を見回し、パンツの中もチェックした。

「どこにも痕《あと》はねえな。親父に撃たれてるわけじゃない、と」

なるほど、だから身体検査をしたのか。

親に虐待されているせいで、自らも暴力をふるう子ども。その可能性を真っ先に疑ったケンの賢明さに、守生は感心してしまった。

「お願い、この子を助けて!」

ハトの羽根をハンカチで押さえていた紫織が、守生にすがるような目を向けてくる。

「モリオ、このガキは俺がなんとかする。お前はハトをなんとかしろ」

抵抗を諦めた様子の男児に服を着せながら、ケンが言った。

守生は脳内マップを検索し、最寄りの動物病院を思い浮かべる。

「自転車で病院に行こう」

「うん」

紫織は今にも泣きそうな顔でうなずく。

守生は自転車を置いた場所に急ぎ、荷台にハトを抱いた彼女を乗せて、一目散に動物病院を目指した。

5

「傷はちょっと深いけど、骨折はしてないね」

髭面の医者が穏やかに告げた。紫織がホッとため息をつく。

「カラスかなんかに、やられたのかな?」

守生は「そうかもしれません」とだけ答えた。紫織が何か言いかけたが、それをさえぎるように「どのくらいで飛べるようになりますか?」と医者に訊ねる。

「ひと月はかからないと思うよ」と医者は答え、ハトの世話の仕方を丁寧に説明した。守生に向かって。

いや、僕に言われても……と思いつつ、その説明を最後まで聞く羽目になってしまった。

会計を済ませて病院の入り口を出た。守生の横を、紫織がペタンペタンと足音をたてて歩いている。左羽根の傷口にガーゼを当てられ、周辺をテーピングされた白ハトは、鳴きもせずに紫織の腕の中で大人しくしている。

「重傷じゃなくてよかったな」

守生が話しかけるとコクンと頷き、「なんでエアガンのこと言わなかったの？」と訊ねてきた。

「それを誰かに言ったら、警察沙汰になっちゃうかもしれない。エアガンとあの男の子のことは、さっきのオジサンに任せよう」

「うん……」

不服そうな顔をしたが、守生は「じゃあな」と言って、病院の前に駐輪しておいた自転車にまたがった。

正直、これ以上の面倒ごとは勘弁願いたい。

ペダルを踏もうとして違和感を覚え、首を後ろに曲げてみた。

「……あのさ、なんでまた乗るの？」

そうするのが当たり前のように、紫織が荷台に横座りしている。

「うち、動物飼えないから。モリオの家まで行く」

彼女は涼しい顔で守生を見上げ、サラリとのたまった。腕の中の白ハトが、赤目をパチクリさせて小首をかしげる。

ケンが呼んだ名前を覚えていたのはいいとして、いきなり呼び捨てはないだろう。

守生は抗議の意味も込め、眉根を中央に寄せて紫織を睨んだ。

「うちだって無理だよ。君が助けたんだから、ちゃんと面倒みろよ」

「モリオだって一緒に助けたじゃん。モフが飛べるようになるまで面倒みろよ」

昨日は宵闇の墓場で涙を流し、今日は「ハトを助けて」と哀願した可憐な少女は、がっかりするほど言葉遣いが乱暴だった。

「モフ?」

「この子の名前。雨が降りそうだから、早く行こ」

「あのなあ……」

「あ、訊かれる前に言っとく。白部紫織、十四歳。中学二年生。モリオはいくつ? なにしてる人?」

……なんで、上から目線で問われなきゃいけないんだよ。

苦々しく思いながらも、訊かれたら答えてしまうのが守生だった。

「守生光星。二十九」

「ふーん。モリオって名字なんだ。名前かと思った。二十九歳か。うちの担任と同じだけど、もっと若く見えるね。なんかバンドの人っぽい」

バンドの人、と言われて気分が少し上がった。

つい、「バンドの人っぽいって、どこが？」と尋ねてしまう。

「前髪で目が隠れ気味だからかなあ。紫織が好きなバンドのボーカルも、そんな髪型してるんだよね」

髪型の問題か。まあ、人の印象なんてそんなもんだろう。好きで髪を伸ばしているわけではなく、カット代を惜しんでいるだけなのだが。

「で、モリオはなんの仕事してるの？」

「……まあ、自営業って感じ？」

「感じ？ って、なんで疑問形なの？ ちゃんと答えろよ」

「……アルトサックスの奏者。あと、商品管理のバイトもしてる」

これは嘘ではない。サックスの演奏は今もしている。ひとりで。

「へええ。やっぱミュージシャンなんだ。スゴイじゃん！」

意外なことに、紫織が尊敬の眼差《まなざ》しを向けてくる。

「紫織、ミュージシャンの家に行くの初めて。チョー楽しみ！　ねえ、家にお米ある？」

「……あるけど」

紫織が「よかったー」と言って、ふんわりと微笑む。

心がとろけるような、何もかもが赦《ゆる》されるような、とびきりの笑顔。

守生は、見惚《みほ》れそうになる自分を戒めて言った。

「うちの米をどうする気だよ」

「決まってるじゃん。モフに食べさせるんだよ。あ、雨が降ってきた。レッツゴー！」

「レッツゴー、じゃねーよ。自転車のふたり乗りは禁止されてるの」

「さっきは乗ってきたじゃん」

今度は口をハトのように尖《とが》らせた。まるで万華鏡のように表情がクルクルと変化する。

「あれは緊急事態だったから。警察にバレたら罰金なんだからな」

「罰金って、いくら？」

「……よくわかんないけど、五万くらい取られるんじゃないか？」

「たいした額じゃないじゃん。バレたら紫織が貯金で払うよ」

守生は思わず絶句した。

はあ？　たいした額じゃない、だと？　ふざけんな！　五万円を稼ぐのがいかに大変なことなのか、働いてない君にわかるのか？　この、自分を名前で呼んじゃう世間知らずの甘ったれ娘が。どーせその貯金だって、大人からもらったお年玉とかなんだろ？　こっちはなあ、五万の家賃だけでバイト代がごっそり消えて、残った金も生活費やら何やらで消えるから、貯金なんてほとんどないんだぞ！

……と熱弁をふるいたいのは山々なのだが、持ち合わせがなかったためハトの治療代を紫織に出してもらった守生は、黙って耐えることを選んだ。

「ねえねえ、モフが濡れちゃうよ。ケガした鳥を安全な場所に運ぶんだから、まだ緊急事態は続いてるんじゃないの？」

守生のTシャツの裾《すそ》を、紫織が片手でギュッと摑《つか》む。

脳内に〝敗北〟と記された白旗を、無念そうに振る自分の姿が現れた。

――しょうがない。これも流れだ。

ポツポツと降り出した雨で濡れないように、モフをハンカチでくるんで抱いた紫織を乗せたまま、守生は自転車を漕《こ》ぎはじめた。

6

帰り際、ハトが撃たれた場所に立ち寄ってみたが、ケンも男児の姿もすでになかった。川辺に放置したままの石も気になったけど、雨が本降りになる前に帰りたかったので、家路を急ぐことにした。

「モフはね、紫織が前からゴハンあげてた子なの」

「ゴハン？」

「パンとかポップコーンとか」

「ふーん」

なるほど、紫織に餌付けされていたから、エアガンの男児が近寄っても逃げなかったのか。餌付けは生態系が乱れるからしないほうがいい、なんて、余計なことは言わないでおこう。会話のリズムも乱れるだろうし。

守生は、どんな相手にも調子だけは合わせるというルールを、紫織にも適用しておくことにした。

「紫織ね、動物園が好きじゃないんだ。だって、自分が檻《おり》の中に入れられたらヤでしょ。

だから、自然の子たちに会いにいくの。猫とか、ハトとか、カラスとか、あと、コウモリとか」

「コウモリ?」

「川にいるんだよ、夕方とか。モリオってば知らないんだ。大人なのに。ね、モフ」

紫織がクスクスと笑う。何が面白いのかさっぱりわからない。

「君は自分のこと、紫織って呼ぶんだ。十四歳なのにお子ちゃまっぽいな」

それは、大人なのに知らないのか、と言われたことに対する、ささやかな反抗だった。

我ながら大人気ないのだが。

「えー、そうかな? うちのクラスには多いよ。ぜんぜん普通」

普通か。普通の定義は人それぞれだもんな。子どもっぽい十四歳もいれば、そうじゃないのもいる。世の中、そういうもんなんだろう。

ささやかな反抗を終結させ、ずっと気になっていたことを訊いてみた。

「そういえばさ、昨日会ってるよな。墓地で」

「うん。会ってる」

「あのとき、何しようとしてたんだよ」

「……ナイショ」

「そっか」

いきなり立ち入った質問をしてしまった気がして、それ以上の詮索《せんさく》はやめておいた。

家の近くで自転車を止め、紫織を降ろす。

女子中学生を後ろに乗せているところを、サロンの誰かに見られるのは気まずすぎる。

「モフの面倒はちゃんとみるから、ここで帰りな」

「やだ。そう言って捨てちゃうかもしれないから、家の中まで行く」

モフを大事そうに抱えた紫織が、赤ん坊のように澄みきった瞳で見上げている。

「捨てたりなんてしない。でも、帰らないと捨てちゃうよ」

「モフを捨てないって信用できたら帰る」

「君が帰るなら捨てない」

「モリオが捨てなかったら帰る」

……堂々巡りである。

「あのさ、僕は独身なの。女の子は独身男の家に、気軽に来ちゃだめなんだよ」

「なんで？」

「なんでって……怪しい関係じゃないかって、誰かに誤解されるかもしれないだろ」

「モフのためなのに？　そんなのおかしいよ！」

紫織はテコでも動きそうにない。

「お願い。モフを助けたいの。紫織、モリオんちに行ったこと、誰にも言わないから」

真剣な声音で訴えてくる。腕の中のモフが「クッ」と鳴いた。

その瞬間、守生は折れた。

この少女を家に入れるのは、モフの看病のためだ。

「部屋を片付けるから、五分だけ待ってて」

自転車を家の階段横に置いて二階に駆け上がる。

真っ先に居間へ行き、作りかけのゴールドストーンと、絵の具や筆を押し入れに隠す。

五分も経たないうちに、紫織が玄関扉を開けてズカズカと入ってきた。

「わー、お祖父《じい》ちゃんちみたいな匂いがする。なんか落ち着くー」

「ノックぐらいしろよ！」

くっそお、どいつもこいつも勝手に入ってきやがって。これからは絶対、玄関の鍵をかけてやる。もう誰も入れてやんないからな！

内心で毒づきながら、守生は乾いたタオルを紫織に渡した。

彼女は片手でモフを抱いたまま、タオルで髪や服の雨雫《あめしずく》を拭《ぬぐ》い、「ダンボール箱に新聞紙を敷いて、飲み水とお米のカップ入れるんだよ」と、医者から言われたことをリピートする。

守生は、保存しておいたダンボール箱や、古い新聞紙を寝室の物入れから引っ張り出し、窓の下にセットして中にモフを入れた。

水と米を置いてやると、モフはしばらくキョトンとしていたが、やがてすごい勢いで水を飲み、米をついばみはじめた。

「よかった。いっぱい食べて、早く元気になるんだよ」

紫織はダンボール箱のそばから離れずに、目を細めてモフを見守っている。白いサマーニットの胸元についたモフの血は、どす黒い点々の模様と化していた。

「なあ、そのシミ、洗ったほうがいいんじゃないか？」

「いい。洗っても完全には落ちないと思う。これはもう捨てちゃう」

モフから視線を動かさずに、紫織が答えた。鼻先がつんと尖り、アゴがシャープなカーブを描く横顔は、正面のアングルよりも大人っぽく見える。

手持ちぶさたになった守生は、居間に行ってデスクトップパソコンを操作し、トランス系の音楽をＢＧＭとしてかけた。

「そんなクラブっぽい音、ダメだよ！」

間髪いれずに紫織がダメ出しをしてくる。

「なんでダメなんだよ」

「ここは今、モフが入院してる病室なんだよ。もっと安らげるキレイな曲にしてよ。植物だって、クラシックを聴かせると育ちがよくなるっていうじゃん」

「……わかったよ。クラシック的なヤツな」

守生はＢＧＭを別のタイトルに変え、ソファーに腰を下ろした。


――ドーレーラソーミドレーソー　ミラーシミレーソー――


最初にチューバの低音とユーフォニウムのソフトな音が主題のフレーズを奏で、コルネットのきらびやかな高音が降りそそぐ。

そこに重なるトロンボーンの主旋律。

続いて湧き上がるクラリネット、オーボエ、そして、サックス。

多彩な音色がひとつの主題を変化させながら、エモーショナルなクライマックスに向かって大きなうねりをカタチ創っていく。

これは中学の吹奏楽部の定期演奏会で、守生がアルトサックスのソロを吹いた曲。父親が誘拐犯になる前の、おそらく、人生で一番幸せだった時期を象徴する、思い出の曲だった。

「……すっごくいい。キレイ。初めて聴いた。これ、なんて曲？」

ダンボール箱の前に陣取っていた紫織が、感じ入ったように言った。

「ホルスト『吹奏楽のための第一組曲』」

「ホルストって、『惑星』とかのホルスト？」

「そう。知ってるんだ」

「知ってるよ。有名じゃん。紫織、この曲も好き」

金管楽器、木管楽器、打楽器が織り成す雄大なハーモニーに、ひたすら耳を傾ける紫織。自分のセレクトした曲が気に入ってもらえたことに、守生は満足感を覚えていた。

三つの楽章で構成された組曲が大フィナーレを迎えようとしたとき、玄関のほうからバタン・ギギギ・ドタンと雑音が響いてきた。

「モリオいるー？」

ドカドカと足音をたてて、男が入ってくる。

守生の幼なじみ、笠井《かさい》将弘《まさひろ》だ。

つい先ほど「玄関の鍵をかける」と心に誓った守生だが、紫織とふたりきりの部屋に鍵をかける行為が、なんらかの意図を感じさせるような気がして、かけずにいたのだ。

「ちょっ、誰その子ーーーっ？」

崇高なる東京佼成《こうせい》ウインドオーケストラの演奏は、野郎の無粋な大声にぶち壊されて終了した。

なんでこのタイミングで入って来るんだよ……。

守生の気分を害したことに気づかない将弘が、切れ長の目を輝かせながら駆け寄ってくる。長身で濃い顔の将弘。髪型も服装も今風で、メンズファッション誌から抜け出てきたように見える。

「ねえ、誰？　ナニそのダンボール箱？　――うわ、なんでハトがここにっ？」

「質問はひとつずつにしてくれ。つか、何しに来たんだよ」

「配給。そろそろ切れる頃かと思って」

将弘は、抱えていた紙袋の中身を取り出してみせた。

米の入ったビニール袋だ。

中学で同じ吹奏楽部だった将弘は、守生が「誘拐犯の息子」と後ろ指をさされるようになったあとも、唯一、変わらずに接してくれた男だった。

守生が長野の児童養護施設に行ってからは会っていなかったが、一年ほど前に河坂駅で偶然再会。それ以来、将弘はこの家を訪れるようになっていた。

毎回、何かしらの差し入れを持って。

「いつもワルイな」

礼を述べたら、紫織が「モフのゴハンだー」とうれしげな声をあげた。

「モフって？　あっ！」

将弘が大きく目を見開く。

「キミ、服に血が！　モリオ、まさかこの子を……？」

「ヘンな目で見んなよ！」

玄関の鍵をかけておかなかったことを、心底後悔した。

守生は仕方なく、この状況に至るまでの経緯を手短に説明した。

紫織の近くに座った将弘は、話の内容よりも紫織への興味が抑えきれない様子で、不躾《ぶしつけ》な視線を注ぎ続けている。

「へえ、紫織ちゃんって言うんだ。十四歳か。ね、ちょっと立ってみてくれる？」

「……なんで？」

「いいからいいから」

満面に笑みをたたえた将弘の言葉に、紫織が渋々従う。

将弘も立ち上がって自分の首に巻いていた緑色のストールを外し、紫織の肩にかけて両端を胸元に垂らした。

「ほら、これでシミがカバーできる。このストール、返さなくていいからね」

「わあ、ありがとう。将弘さん、気が利く。やさしー」

「なになに紫織ちゃん、オレの名前覚えてくれたの？　感激だなあ」

お愛想だと思われる紫織の言葉に、将弘が相好を崩す。

「なんでこっちは呼び捨てで、将弘のことは〝さん〟付けなんだよ」

抗議した守生に、紫織が真顔で「んー、なんとなく」と答える。

「モリオ、ちっちゃいことは気にすんなって。紫織ちゃん、そのまま立っててね」

将弘は前を向いたまま五歩ほどズリズリと後退し、紫織の全身をチェックした。

「――うん、いいね。バランス最高。ねえ紫織ちゃん、うちの事務所のオーディションに応募しない？　オレさ、南青山《みなみあおやま》のモデル事務所でマネージャーしてるんだ」

「こんなところでスカウトすんのかよ」

守生がたしなめると、将弘は「かたいこと言うなって」と片目をつぶる。

しかし、紫織は「ごめんなさい」と頭を下げた。

「紫織、モデルとか全然興味ないの。校則も厳しいし。本当にごめんなさい」

「そっかー。じゃあさ、お姉さんとか妹さんはいる？」

「いないよ。紫織、ひとりっ子だから」

「そうなんだー」

ジャケットから名刺入れを取り出しかけた将弘が、それを戻しながら残念そうな顔をした。美人姉妹をスカウトできるかもしれない、と期待したのだろう。

「いい加減にしとけよ」

守生の声に「おう」と応じながらも、将弘はさらに食い下がる。

「ちなみにさ、紫織ちゃんってどこの学校なの？」

「聖白《せいはく》女学院」

紫織が口にしたのは、県内でも有数のお嬢様学校として知られる、中高一貫教育の私立校だった。

「おっと、もしかしてもしかして、お金持ちのお嬢様なのかな？」

そう言う将弘自身も、母親が経営する中堅モデル事務所の跡取り息子なので、口調にはイヤミやソネミが微塵《みじん》もない。

「さあ。うちがお金持ちかどうかなんて、わかんないよ」

淡々と返した紫織は、再びダンボール箱の前にペタンと座り、モフの観察に神経を注ぎはじめた。モフが「キュル」と鳴き、紫織が「声、かわいい」と口元をゆるめる。

スカウトを諦めたのか、将弘は守生の横にどっかりと腰を下ろして大声を発した。

「なあ、ハラ減らね？　モリオ、なんか作ってくれよ。オレ、チャーハンがいい」

「ハラ減った！　チャーハン大好き」

紫織が守生たちを見て瞳をきらめかせる。

「決定。具はなんでもいいから頼むよ」

「紫織ね、グリーンピースが入ってるチャーハンは嫌い」

……この男と少女は、ちょっと迷惑なほどの天真爛漫《てんしんらんまん》さが似ている。

秘《ひそ》かにため息をついた守生は、自分も昼食を取り損ねていたことを思い出し、「具なんてなんもない。卵チャーハンだからな」と断言して台所へ向かった。

## 7

冷蔵庫から凍らせたご飯を取り出して、レンジで解凍する。具材は卵と長ネギだけだ。

まな板にネギをのせて包丁を構える。

「紫織も手伝うよ」

「オレも。なんかやることある?」

背後から紫織と将弘の声がした。

「大丈夫。ひとりでやったほうが早い」と、(だから向こうに行っててくれ)という意味を込めて告げたのに、ふたりはその場を離れようとしない。

「モリオのチャーハン、うまいんだよ。オレ、チャーハン目当てでここに通ってるようなもんなんだ」

「へえー。モリオって、お料理習ってたの?」

紫織の問いかけに、「いや。自分のために作ってるだけ。外食は高いから」とネギを刻みながら答えた。

「いやいや、料理ってセンスじゃん。モリオんちラーメン屋だったから、先天的にセンスがあるんじゃないかな」

実家の話はしてほしくない。誘拐事件の記憶とつながるから。

守生はとっさに、「将弘、冷凍庫からアレ出して。三個」と頼んで話題を変えた。何も気づかない様子の将弘が「あいよ!」と威勢よく応じ、冷凍庫から小さな白い固形物のパックを取り出す。

「これこれ。これがあると具ナシでもうまいんだよなー。しかも、タダでスーパーに置いてあるんだよ。現代の奇跡だね」

将弘が持ってきたのは牛脂だ。

それを見た紫織が、「あ、牛脂。これ大好き!」と弾んだ声をあげた。

「昔ね、お母さんがよく料理に使ってたの。本当のお母さん」

「本当のお母さんって?」

将弘の質問に、「もういないの。去年、病気で死んじゃったから」と紫織が答える。守生にはその声が、少し翳ったように聞こえた。

「そっかあ。じゃ、今はお父さんとふたり暮らし?」

「新しい母親がいる。あと、昼間はお手伝いさんも」

「お手伝いさん! やっぱり紫織ちゃん、お嬢様なんだなあ」

「……なあ、向こうで待っててくんないかな。すぐできるから」

守生が口を挟むと、「あー、気が散っちゃう? ゴメンゴメン」と将弘が言って、紫織を連れていってくれた。

まさかの展開に大きな戸惑いを感じながら、熱した中華鍋で牛脂をじっくりと溶かす。

溶き卵を入れて解凍したご飯を投入し、鍋を揺すりながら鉄製のお玉でご飯と卵をしっかり絡めていく。米粒がつぶれて粘り気がでないように、素早く炒《いた》めるのがコツだ。

——ジャッジャッジャッ。

軽快な炒める音、香ばしい油の匂い。こうして鍋を振っていると、否が応でも父親の背中を思い出してしまう。

店の厨房に立ち、忙しそうに動く大きな背中だ。

母親が病弱で入退院を繰り返していたため、守生の食事を作ってくれるのは、ほとんどが父だった。

小さな店のカウンターの隅で、宿題をやりながら料理ができ上がるのを待つ。牛脂の卵チャーハンは格安で出していた店の人気メニューで、守生の大好物だった。

父はラーメン屋に人生をかけていた。

それを守るためなら、誘拐事件を起こすことも厭《いと》わないほどに。

事件後、父の動機について書かれた週刊誌を読んだことがある。

父が金銭を要求した相手・式田勝也《かつや》は、当時、投資顧問会社の経営者だった。

ラーメン店の常連客だった式田から「絶対に儲《もう》かる」と、ある投資信託を勧められた父は、それに貯金をつぎ込んでしまったらしい。その後、投資信託の評価額は下降の一途をたどり、買値の四分の一にまで暴落。父は経営難も重なって借金を背負うことになる。

ときを同じくして守生の母親が病で他界したため、自暴自棄になって桐子を誘拐し、式田に三百万円を要求したのだという。

報道と真実とは少し違うが、父が式田に金銭を要求したことに間違いはなかった。なぜなら、父が桐子を誘拐したとき、守生もその場にいたからだ。

守生は桐子を助けたかったのに、助けられなかったことを、ずっと悔やんでいた。

――誘拐犯の息子なのだから、初恋の相手を助けられなかった卑怯者なのだから、日の当たる場所なんて歩いてはいけない。何もなかったことにして、人並みの幸せなど求めてはいけない――

昔から繰り返し、自分に言い聞かせてきた言葉だ。

だからといって、いんちきパワーストーンのバイトで食いつないでいる現状を、正当化するつもりなどないのだが……。

胸が苦しくなってきた。

開いてしまった記憶のフタを閉じて、意識を手元のフライパンに集中させる。

再びジャッジャッジャッ、と音をたててご飯を炒め、調味料で味を調えてからネギを入れて火を止めた。

でき上がったチャーハンを、お玉ですくって三つの皿に丸く盛りつける。

最後のひとつは大盛り。その分だけは、あとから醬油を足しておいた。

「できたぞー」

居間のテーブルに、チャーハンの山が盛られた皿とスプーン、冷茶入りのコップが並んだ。

「わー、おいしそう！　いい香りー」

「だろ？　最高なんだよ、これが」

紫織と将弘がはしゃぎながら、スプーンに手を伸ばす。

「いただき！」

将弘がひと口食べて、「お、今日は味が濃いんじゃね？」と守生を見た。

「将弘の分だけな。疲れてるみたいだから」

「え？　なんでわかるんだよ」

「誰でもわかると思う。目が赤いし髭も伸びてる。将弘、昨日帰ってないだろ」

「あたり！　打ち上げが朝まで続いたもんだから、事務所で仮眠取っただけなんだ。紫織ちゃん、こう見えてもモリオって、気が回るところがあってさ。……あれ？　どうしたの？」

チャーハンを少し食べた紫織が、うつむいたまま黙りこくっている。

「なんかヘンな味でもしたのか？」

守生が訊ねると、紫織は顔を上げて微笑み、大きな目から涙をこぼした。

「お母さんの味がする」

その瞬間、守生の心臓が大きく波打った。思わず、口に運ぼうとしていたスプーンを床に落としてしまった。

「おいおい、何やってんだよ。モリオってさー、人のことは気がつくのに、自分のことはダメダメなんだよな」

将弘が卓上の濡れ布巾で床を拭いてくれた。散らばった米を何度も取りこぼしている。

将弘も紫織の涙に動揺しているようだ。

紫織は「なつかしい。うれしい」とつぶやき、目元を手でぬぐう。

少女のか弱さに触れて、いたたまれない気持ちになった守生は、場の空気を変えるためにパソコンへと歩み寄った。

「なんかBGMをかけよう」

紫織のリクエストで、食事のBGMはホルストによる七楽章の組曲『惑星』に決まった。第一曲『火星』の重厚かつ猛々しい旋律が流れてくる。

療養中のハトを気遣い、ボリュームは小さくしておいた。

「なあ、『火星』ってメシに合わないんじゃね？　これってホルストが〝戦争の神〟のイメージで作った曲だろ？」

将弘がチャーハンをかっ込みながら言った。

「将弘さんもクラシックに詳しいんだ。チョー意外」

正座してチャーハンを食べていた紫織が、さも意外そうな顔をする。

「そう？　こう見えてもオレ、中学時代は吹奏楽部でアルトサックスやってたんだよ。この曲も定期演奏会でやったなあ」

「モリオもサックスやってるって言ってたよね？」

紫織は守生に訊ねてきたのだが、隣の将弘が嬉々としてしゃべり続ける。

「オレら、同じ中学の吹奏楽部で、サックス仲間だったんだ」

「ふーん。じゃあ、今もふたりで演奏したりするの？」

「いや、オレは中一でやめちゃった。楽器もモリオに譲っちゃったんだよ。な」

同意を求められ、守生はチャーハンを食べながら「そう」とうなずいた。

また記憶のフタが開きそうになったが、将弘と紫織の屈託のない表情が、フタを押さえる重石になった。

「コイツさー、スッゲー才能あって、ソロとかバンバン吹いててさ。中一で吹奏楽コンクールに出たのも、モリオだけだったんだよ。先輩たちに交じって堂々とソロ吹いてて、カッコよかったなあ。今はサックスでメシ食ってるし、ほんとスゲーよ」

将弘は朗らかな笑みを浮かべている。

守生は、「サックスの仕事はフリーで続ける」と将弘に伝えてあった。

嘘ではない。まだ演奏の依頼がどこからも来ていないだけだ。

「紫織、モリオのサックスが聴きたい」

「おう、久しぶりに吹き鳴らしてくれよ」

食事を終えた紫織が唐突に言い出し、将弘がそれに賛同した。

「無理に決まってんだろ。下のサロンから速攻でクレームがくる」

「あー、オーナーの美魔女な」

夕華を見かけたことのある将弘が、愉快そうに言う。

「美魔女って?」

紫織の目に好奇心が浮かぶ。

「なんでもない。さーて、そろそろ仕事しないと」

わざと大きな声で言ってみた。もちろん、(だから帰ってほしい)という意思表示だ。早くひとりになって、ノルマ分のストーンを作らなければならない。

「なんの仕事?」

将弘が訊いてきたが、「……まあ、いろいろ」としか答えられなかった。

すると、紫織がいきなり立ち上がり、「モフをよろしくね。ごちそうさまでした」と守生に頭を下げた。そのままダンボール箱の前に行き、「モフ、またね」と手を振る。

将弘よりはるかに空気が読める子だ。

「紫織ちゃん、オレの車で送ろうか? 雨も降ってるし。家はどこらへんなの?」

「東口の奥のほう。大丈夫、歩いて帰れる。雨、好きだし」

将弘に答えた紫織が玄関に向かう。守生と将弘が見送りに行くと、彼女は傘立てからビニール傘を一本だけ抜いて守生を見上げた。

「傘、借りてくね」

「繁華街は通らないで大通りから帰りな」

守生がささやかなアドバイスをすると、紫織は「わかった」と答え、扉の外に消えた。

雨の音と匂いが、一瞬だけ玄関に舞い込んだ。

「あー、スカウトしたかったなあ。紫織ちゃんの連絡先、訊いておけばよかった」

将弘が未練がましく言う。

「興味ないって言ってただろ。しつこいと嫌われるぞ」

「だよなー。あ、電話っていえばさ、モリオもそろそろケータイ持てば？　ＳＮＳとかやろうよ」

「いや、固定電話だけで十分だ。携帯電話の基本使用料金って、ホント高いよな」

常日頃から思っていることだった。

「……なあモリオ」と将弘が真顔を向けてくる。

「ん？」

「ちゃんと食えてんのか？」

その真剣な眼差しが、ホームドラマのカメラ目線のようでこそばゆい。

「うるせっつーの」

守生が笑顔を見せると、将弘もニカッと大きな前歯を見せ、「詮索はやめとく。困ったことがあったら相談しろよ」と言い残して出ていった。

あの男は、いつもこうだ。定期的にやって来る理由は、おそらく僕の近況確認なのだろう。お節介なヤツだ。ほっといてほしいよ、まったく。

……ありがたいけど。

天涯孤独の守生にとって、将弘は唯一、友だちと呼んでもいいと思える存在だった。

## 8

雨は夜更けまで降り続いた。

守生がその日やるべき作業をすべて終えると、玄関扉をノックする音がした。

相手が勝手に扉を開けなかった理由は、単純に鍵がかかっていたからだろう。

時刻は深夜一時すぎ。こんな時間にアポイントなしで来る人物は、ひとりしか思い当たらない。来る前に電話をしてと、何度言ってもしない相手だ。

守生は見られたくないものを全部押し入れに隠してから、扉を開けた。

赤茶色のロングワンピース姿。香水とアルコールの匂いをまとった女が、赤いバッグとコンビニの袋をぶら下げて立っている。

「お疲れー。モリオが鍵かけとくなんて珍しいね」

福本《ふくもと》葵《あおい》が、ヒールの高いサンダルを脱いで玄関から入ってきた。

上目遣いで小首をかしげ、赤いネイルをした指で長い茶髪をかき上げる。腕を上下するたびに、重ね付けしたアクセサリーがこすれ合い、ジャラジャラと音をたてる。

葵の勤め先は、河坂の繁華街。セクシーなサービスのあるキャバクラ、通称〝セクキャバ〟と呼ばれる店だ。それなりの売れっ子とのことだが、その分、気苦労も多いらしい。店が終わるといつも、飲み歩きでストレスを発散している。

守生は葵の客だったわけではない。最初は繁華街ですれ違った通行人。次はよく会う顔見知り。いくつかの段階を経たのちに、葵から飲みに誘われた。断る理由が思いつかずに付き合い、酔いつぶれた彼女を家に泊めたのが半年以上前。

以来、月二、三回くらいのペースでこの家を訪れ、酒を飲んで仮眠を取り、明け方に帰っていく。

ただし、男女の関係には一度もなっていない。

葵はそうなってもいいような雰囲気を醸《かも》し出すが、めんどくさくなることは目に見えているので、気づかない振りをしてやりすごしている。

「あーー疲れた。今日の客がクソでさー。下着の中まで触ってこようとするから、殴りそうになっちゃったよ。あ、ビール買ってきた。冷蔵庫使っていい？　つまみもあるよ」

返事など待たずに言いたいことを吐き出す。それが葵の特徴だった。

今夜もさっさと缶ビールを冷蔵庫に入れて、「奥の窓、ちょっと開けるよー」と言いながら寝室のほうに歩いていく。

「やだっ、これどうしたの？」

ダンボール箱の中を見たらしき葵が大声をあげた。

「いや、それが……」

守生は事の経緯を、葵にも話す羽目になっていた。

「──大変だったんだねえ」

葵がダンボール箱を覗き込み、紫織と同じように口元をゆるめた。とびきりの美人、というわけではないが、愛嬌のある容姿をしている。

「あたしも昔、田舎《いなか》の実家でケガしたハトを保護したことがあるんだ。ハトってちゃんと慣れるんだよ。カップの水で水浴びするのが好きな子で、羽根をドライヤーで乾かしてあげてたら、水を浴びるたびに羽根を広げて待つようになって……」

彼女はふと黙り込み、やがて、遠い目をしてぽつりとつぶやいた。

「今も、元気で飛んでるといいな……」

懐かしく思い返したのは、ハトのことだけなのだろうか。もしかしたら、都会に出てなくしてしまったものたちに、想いを馳《は》せていたのかもしれない。

最初に飲みに行ったとき、葵は軽く身の上話をしてくれた。

熊本から上京して美容学校を卒業。小さな美容室で働いていた頃、好きな男ができた。そいつがデート商法の営業マンだと知ったのは、高価な毛皮や宝石をローンでしこたま買ったあと。支払いがキツくなり、セクキャバ嬢として働くことになってしまった……。

「ありがちでクソつまんない話だよね」と笑って酔いつぶれた葵に、憐れみを覚えて家で介抱した結果、彼女はここをホテル代わりに使うようになったのだった。

「くぅー、染みるー」

ソファーに座って缶ビールを飲み始めた葵が、「そーだ。友だちからもらっちゃったんだ。ふふ」と意味深な笑みを浮かべた。

また妙なものを持ち込んだのか……。

守生はうんざりしながら、バッグをまさぐる葵を眺める。

先日は、男性自身が元気になる精力薬。その前は、露出度が高すぎる女性用下着。いろんなものを持ってきては、これで遊ばない？　と誘いをかけてくる。

もちろん、いつも全力で断っているのだが、彼女はまったく応えない性格の持ち主のようなのだ。今回は、なにやら黒光りする物体を取り出している。

「うわ、なんだよそれ」と守生の声がうわずる。

それは、本物にしか見えない手錠だった。

「レバーで外せるオモチャ。ねえ、これで遊んでみない？」

「……いや、そういうのマジで興味ないから」

守生はテーブルの缶ビールを取り上げて、瞬時に渇いてしまったのどを潤した。

手錠は誘拐という言葉を喚起させるのだ。

「ふーん。モリオってホント、堅物くんだよね。ま、だから安心できるんだけどさ」

葵はつまらなそうに手錠を投げ出し、テーブルのリモコンでテレビをつけた。

「あ、北海道のクソ野郎だ。捕まったんだよね」

リモコンを持ったまま、葵が画面に注目した。

深夜のニュース番組が、北海道で発生した女子中学生誘拐事件を報道している。

逮捕された男は四十歳の独身ニート。近所に住む中学一年生の女の子を脅して自宅に連れ帰り、五日間も監禁していたらしい。

動機は、「少女に興味があり、一緒に暮らしてみたかった」という、呆れ果てたものだった。

「番組変えてもいい？」

守生はリモコンを取り上げようとした。

誘拐報道を観るのは、苦痛以外の何ものでもない。

だが、葵はリモコンを固く握りしめたまま、険しい表情でつぶやいた。

「こいつ、ほんとクソ野郎だよ。この女の子、風評被害にあうかもしれない」

――風評被害。

そのひと言が、守生の耳を強く刺激した。

「こんなクソ野郎に女とヤる度胸なんて、絶対ないんだよ。この女の子にも指一本触れてないと思う。でも、監禁って性犯罪のイメージがあるでしょ。こうやって報道されちゃうと、近所とかネットとかでいろいろ噂される。あたしの中学の同級生なんてさ、家出して親切なサラリーマンちに泊めてもらっただけなのに、淫行って噂されてヤンキーになっちゃったんだよ。マジ最低。世の中、ゲスいヤツが多すぎるんだよ！」

吐き捨てるような勢いで、葵が一気に言い放つ。

守生は暗澹《あんたん》たる気分になっていた。

「なあ、暗いニュースはやめて、音楽にしたいんだけど」

「じゃあ、ノリのいいやつ。なんか選んでよ」

「わかった」

気分がコロコロ変わるのが、葵の良いところでもあり、悪いところでもある。基本は素直だし単純なので、扱いやすい相手ではあるのだが。

テレビを消した守生は、デスクのパソコンに向かった。

セレクトは、あえてハッピーな歌詞のロックナンバーにしておいた。

しばらく音に集中したあと、葵に「寝るわ」と声をかけると、寝落ちしそうになっていた彼女が「始発で帰るから……」とつぶやいてソファーに横たわった。

守生は音楽を止め、タオルケットを出して葵の上にかけてやった。

電気を消して寝室のベッドに横たわり、目を閉じる。

その気なんてないのに葵を泊めてしまうのは、相手に調子を合わせすぎて引っ込みがつかなくなっているからだ。それに、夜の街で疲れてすがりついてきた、野良猫のような彼女の腕を、邪険に振りほどくなんてできそうにない。

……ずっと流されっぱなしの人生だな。

思わず長い息をはく。

葵の寝息が聞こえてきた。

守生も意識が朦朧《もうろう》とし、眠りの闇に堕ちていった。


――夢を見た。

目の前の床に、ひとりの少女が坐っている。

なぜか顔の部分だけが白い。まるでのっぺらぼうだ。

後ろ手に縛られ、大声で叫んでいる。

「助けて! 助けて! 助けて!」

助けてあげたいのに、手足が固まったように動かない。

全身にびっしりと冷や汗をかいている。

どこからともなく家電製品の振動音が聞こえ、油の焦げたような臭いがする。

五感や色彩もしっかりと帯びた夢。〝明晰夢《めいせき》〟だ、と守生は確信した。

明晰夢とは、自らが夢だと意識しながら見る、バーチャルリアリティーな夢を意味する。

定期的に同じものを見るため、この後の展開がどうなるのかも知っていた。

やめてくれ！　と叫んで強制終了しようとしたって、無駄なあがきになることも。

観念して夢が終わるのを待つ。

いつものように、斜め後ろのほうから、トン、トン、トンと足音が近づいてくる。

――男だ。線が細くて坊主頭の男。

少女の横で立ち止まり、底なし穴のように虚《うつ》ろな目でじっと彼女を見下ろしている。

やめろ！　やめろ！　やめろ！　その子に手を出すな！

いくら叫んでも、坊主男の両手が少女ののど元に伸びていく。

絞《し》め殺すつもりだと、守生は理解していた。

いきなり足元の床が抜け、守生の身体が落下する。

うわあああああああああああああああ――――

そこは漆黒《しっこく》の闇。落ちている感覚がリアルにある。

どうせ落ちるなら早く落ちてほしいのに、なかなか底に至らない。

まるで深淵へ急降下するがごとく、延々と続く絶望的な無重力感の中で、守生は坊主男の顔を思い返す。

全身から黒いオーラを放つその男は、恐ろしいことに自分と同じ顔をしていた。

9

モフの鳴き声で目が覚めた。

明晰夢を見た翌朝に必ず訪れる、虚脱感と共に。

軽く欠伸《あくび》をしてから、視線をダンボール箱のほうに向けた。

誰かが箱の前にしゃがみ込んでいる。

「……葵？」と声をかけたら、相手は「違う」と小声で答える。

「うわっ！」

思わずベッドから転げ落ちた。

そこにいたのは、ポニーテールに白いリボンを巻いた紫織だった。

「きゃっ！　だ、誰？」

ベッドの隣で寝ていた葵が飛び起きた。いつの間にか、守生の横に移動して寝ていたようだ。

「ハトの紫織だよ！」

動揺のせいで端的な説明しかできない。

紫織が「ねえ」と、冷めた声を発した。

「新聞紙の替えはどこにあるの？」

「僕がやるから……つか、どこから入ってきた？　学校は？」

「玄関。鍵かかってなかった。今日は日曜日」

……しまった、そういえば、昨日、葵を家に入れたあと、鍵をかけた記憶がない。

水色のTシャツに薄地デニムのオーバーオール。黒いリュックサック。ボーイッシュな服装がよく似合っている紫織は、気のせいかもしれないが、ものすごく不機嫌に見える。

「あー最悪。一回起きたのにまた寝ちゃったよ」

葵が立ち上がる。守生は文句を言わずにはいられなかった。

「なんでここで寝てるんだよ」

「ごめん、寝ぼけてたみたい」

「始発で帰るって言ってたじゃないか」

「化粧したらすぐ帰るよ」

葵がベッド横に置いてあったポーチに手を伸ばす。

「紫織、向こうの部屋に行っててくれないか？　このお姉さん……葵さんって言うんだけど、化粧しないといけないから」

「……朝ゴハン食べてる」

紫織はすっと立ち上がり、パン屋の紙袋を持って歩き出した。居間のソファーを通りすぎ、キャンプ用のテーブルセットが置いてある台所へ向かう。

それを目で追っていた守生は、ソファーに置きっぱなしだったものに驚愕した。

オモチャの手錠だ！

速攻で手錠に突進する。とりあえず、それをソファーの下に隠して寝室に戻った。

「あの子がハトの救世主なんだ」

ベッド脇の姿見の前で葵が言う。のんびりとブラッシングをしている。

「そう。このタイミングで来るとは思わなかった」

守生は、（早く帰れ）という葵へのメッセージを込めて、カーテンと窓を乱暴に開けた。

空の青がやけにまぶしい。

物入れの中から新聞紙を出し、ダンボール箱の汚れた新聞紙と替えた。

モフはこまめに首を振りながらウロウロと動いている。昨日よりも元気そうだ。

「ねえ、ベランダに石がいっぱい置いてあるけど、あれなに？」

葵が不思議そうに問いかけてきた。

……やばい。昨日の夜に干しておいた、ゴールドストーンの素材だ。

「あー、今度ぬか漬けをやってみようかと思って。重石用に川で拾ってきた」

守生は苦しい言い訳をひねり出した。

「へえ。最近、ぬか漬けにハマる独身男って多いらしいね」

あっさりと信じてくれた葵が、ポーチを手に台所へと向かう。流し台で手を洗っていた紫織と挨拶《あいさつ》を交わし、奥の洗面所に入っていく。

守生は新しいTシャツとジーンズに着替えながら、自分が妙に緊張していることを感じていた。ふた股交際がバレた男が、ふたりの女から責められているような気分だ。

どちらとも、何もしていないのに。

ベッドの枕元にあった目覚まし時計で時間を確認する。

――信じられないことに、午前十時半だった。

毎朝セットしてあるアラームが、なぜ鳴らなかったのか？　あるいは、鳴ったのかもしれないのに、なぜ起きられなかったのか？　なんてことは、この際どうでもいい。問題は、今この瞬間が、下のサロンにゴールドストーンと天然石を納品しなければならない時間である、ということだ。

真っ白になった頭の中で、夕華が般若《はんにゃ》の形相に変化していく。

「やばい！」

守生は台所の金庫に猛ダッシュした。

ダイヤルに手をかけて来客を思い出し、一瞬固まったが、ストーンを見られても自分が作っていることさえ知られなければ大丈夫だと考え、ダイヤルを回し切って石のカゴを取り出した。昨夜のうちに納品分を用意しておいたのだ。

「モリオ、どうかしたの？」

斜め後方から紫織が近寄ってくる。

「ガタガタ音がしたけど、なんかあった？」

洗面所の扉から葵が出てきた。

ほぼ同時に、玄関扉をノックする音が聞こえた。夕華だ！

「ちょっと待っててください！」

扉に向かって大声をあげ、葵と紫織に「隠れろ！」と小声で言って居間に追いやった。

擦《す》りガラスの引き戸を閉めて玄関に走り、扉を開ける。

「遅くなってすみません！」

険のある表情をした夕華に、カゴを差し出す。

「ちゃんとしてくれないと困るのよ」

夕華はカゴを受け取り、玄関の床に目をやった。守生も彼女の視線を追う。

——葵の銀色のサンダルと、紫織の白いスニーカーが並んでいる！

「い、今、知り合いが来てて……」

あわてふためく守生。

「時間だけは守ってよね」

夕華は冷ややかな言い方をして、早足で立ち去った。

己のマヌケさに頭を抱えたくなっていた。

ああ、なんて日なんだ……。

「じゃあ、またね」

仕度《したく》を整えた葵が、そそくさと帰っていった。

守生はすかさずBGMをかける。

アメリカ人作曲家A・リードの吹奏楽曲『アルメニアン・ダンス』。これも吹奏楽部時代のレパートリーだった曲だ。

アルメニア民謡をモチーフにした軽快かつメロディアスな曲調は、解放感に浸《ひた》りたい今のような状況にベストマッチするはずだ。

ソファーに腰を下ろし、雄大なブラス音のシャワーを浴びる。

音楽のヒーリングパワーはすごいな、としみじみ思いながら、自らが淹《い》れたコーヒーの香りを堪能し、隣で曲に聴き入っている紫織に話しかけた。

「あのさ、今度からモフの面会は、昼の十二時以降にしてほしいんだけど。あと、部屋に上がるときは、靴を靴箱に入れるようにしよう」

紫織は牛乳と砂糖をたっぷり入れたコーヒーを飲み、「モフの診察、次いつ行く？　明日？」と、ズレたレスポンスをしてくる。

「明日は早すぎるだろ」

「じゃ、あさって。紫織の学校が終わってから行こ」

「……わかったよ」

大きな目でじっと見つめられて、守生は自分でも驚くくらい素直に彼女の希望を聞き入れてしまった。

「よかった。……そーだ、モリオの朝ゴハンもあるんだよ」

機嫌が良くなってきた様子の紫織が、紙袋の中からパンを三つほど取り出した。どれも、ソーセージやらチーズやらが上にのった惣菜パンだ。

「ああ、ありがとう」

食欲はなかったが、わざわざ買ってきてくれたのだからと思い、一番胃にもたれなさそうなコーンがのったパンに手を伸ばす。

「それはモフのだからだめ」

紫織はコーンのパンを取り上げ、ダンボール箱の前に行って、ちぎったパンをモフに与えはじめた。

「ほら、よく食べる！　トウモロコシだから、好きなんじゃないかと思ったんだ」

「あげすぎ。そんなに美味しいもんをたくさんあげちゃうと、自然に帰ったときにモフが辛くなるだろ。外にはコーンのパンなんてないんだから」

守生はチーズパンをほおばりながら、人生の先輩としてたしなめる。

餌付けが生態系を乱すことを、遠回しに伝えたつもりだった。

「じゃあ、おしまい」

紫織は、残ったパンをその場で食べてしまった。ハグハグ、ゴックンと音がする。

「お前、よく食うなあ。家でも朝ゴハン食べてきたんだろ?」

紫織は首を横に振り、「今日はお手伝いさん休みだから」と言った。

お手伝いさん? 新しい母親は、料理をしない人なのか?

疑問が湧いてきたが、余計なことは訊かないでおくことにし、「さー、そろそろ出かけようかな」とつぶやいて伸びをしてみせた。

「どこに行くの?」

どこに行こう?

守生は一瞬だけ考えて、「玉美川」と答えた。

そうだ、昨日置いてきてしまった石のビニール袋も、ケンのことも気になる。本当は石のペイントを一気にやってしまう予定だったのだが、紫織を帰さないと何もできない。

「じゃあ、紫織も一緒に行く」

紫織はコーヒーカップを流し台に運び、居間に戻ってリュックを背負った。

「……あのね、遊びに行くんじゃないんだ。これも仕事なんだよ」

「なんの仕事？」

「大人の仕事。中学生は知らなくていいの」

詳しい説明を避けて誤魔化そうとしたら、紫織の表情が急変した。

「子ども扱いしないで！」

――綺麗だな。

純粋に、そう思った。

キリッと上がった眉、黒曜石のように光る瞳、頬に赤味が差したなめらかな肌。

この綺麗なスッピン顔には、どんなに完璧なメイクを施した女たちも、敵《かな》わないいんじゃないか。

……つい不謹慎なことを考えてしまったが、とりあえず謝っておかなければ。

「ごめん。そんなつもりじゃなかった。ホントごめんな。……でも、今日は本当にやらなきゃいけないことがたくさんあるんだ。途中まで送るから」

紫織が無言で頷いた。

またご機嫌斜めになってしまった。女の子の扱いは難しい。

二人で玄関を出て、扉に鍵をかけた。錆《さび》が目立つスチール製の階段を下り、道路のほうに歩いていく。

タイミングが悪いことに、サロンの入り口で白衣の夕華が観葉植物に水やりをしていた。

こちらに背を向けているとはいえ、黙って通りすぎるわけにもいかない。

それに、紫織はこの先もモフの見舞いに来るだろうから、紹介しておいたほうが無難だろう。

「お疲れさまです。さっきはすみませんでした」

守生が声をかけると、振り向いた夕華がキツめの声で言った。

「モリオくんって、彼女いたんだ」

「彼女じゃなくて知り合いです」

「隠さなくてもいいじゃない」

「本当に単なる知り合いなんです」

大失態だ。寝坊したせいで、余計なノイズが生じてしまった。

「……あ」

夕華は守生の後方にいた紫織に気づき、接客用かと思われる艶やかな笑顔で近づいた。

「こんにちは。そのリボン、カワイイね」

「ありがとうございます」

紫織が身体を強張らせる。アロマを香らす美と癒しのカリスマセラピストに、圧倒されているようだ。

守生は紫織に、「自分が商品管理を手伝ってるサロンのオーナー」と夕華を紹介し、夕華には「自分と助けたハトの面会に来た子」と紫織を紹介した。

「――じゃあ、紫織ちゃんはハトが飛べるようになるまで、ここに通うつもりなの？」

夕華の問いかけに、紫織が「はい」と、か細い声で答える。

「そう。早く治るといいね。モリオくんも、お知り合いがたくさんいて大変だと思うけど、いろいろと気をつけてね」

軽く嫌味を言ってから、夕華はサロンの裏口へ歩いていった。「いろいろと気をつけて」とは、おそらく「ゴールドストーンのことは秘密にしておけよ」との意味だろう。

「キレイな人だね。夕華さんも、さっきの葵さんも」

歩き出した守生の横で、紫織がつぶやいた。

なんと返すべきか迷った末、「そうかな？　よくわかんない」と答えておいた。

「嘘つき」

守生の横顔を見ていたらしき紫織が、鋭く指摘する。

「なんだよ嘘つきって」

「答えるまでにちょっと時間がかかった。あと、すごい勢いで瞬《まばた》きした。人が嘘をつくときって、無意識にそうなるんだよ。テレビで心理分析の人が言ってた」

したり顔をする紫織。

守生は「そんなの信じるなよ」と苦笑しながら、「夕華さんにも葵にも興味ないから」と、しっかり目を開けて言った。

「え？　葵さんって彼女じゃないの？」

「単なる知り合い」

「ホントかなあ」

「本当だって。瞬きしてなかっただろ」

「まあね。心理分析ってスゴイよねー」

紫織が笑う。ご機嫌が直ったのかもしれない。

守生は内心で、〈瞬きのクセ、直さないと。あと、家の鍵をかけとく習慣もつけなきゃ。

なんか、めんどくさくなってきたな……）とコボしていたのだった。

紫織と別れたあとに玉美川へ行ってみたが、ケンの姿はどこにも見当たらない。石を入れたビニール袋はそのまま放置されていたので、回収してから家に戻った。

居間のテーブルに新聞紙を広げ、素材の石と絵の具を並べる。

筆を持ったまま、しばらくボーッとしていた。

……まったくやる気が起きない。

——こんな生活を、いつまで続けるつもりなのだ。どうせ誘拐犯の息子だからと、いつまで逃げるつもりなのだ——

声が聞こえた。

それは、ずっと聞こえないふりをしてきた、自分の内から発せられる声だった。

寝室から「キュルッ」という音がした。モフがダンボール箱の中で鳴いたのだ。

箱に近寄って中を覗き込む。つぶらな赤い目が、こちらをじっと見ている。

人に傷つけられ、羽根をテーピングされ、飛べなくなってしまった純白のハト。

「もうハラ減っちゃったのか」

空になっていたカップに、少しだけ米を入れて箱に戻した。モフがカップにクチバシを突っ込む。

胸を覆っていた黒いものが、和らいでいくのを感じた。

とりあえず、この小さな命を守ることが、今やるべきことだ。ウジウジと悩んでいたってしょうがない。

守生は作業用BGMのトランス系音楽を最小ボリュームでかけ、雑念を振り払うべくゴールドストーンのペイントに没頭した。

自らの頭上に迫っている猛烈な嵐のことなど、微塵《みじん》も予期しないまま。

第二章

# 「紅い満月の伝説」

平成二十五年（2013年）六月の出来事

1

モフを預かってからしばらく経ち、梅雨入りした日の夕刻。外は大降りの雨。

守生は部屋の中で、気高くもダイナミックなサウンドに身を委ねていた。

ドイツの作曲家、ワーグナーの歌劇『ローエングリン』より『エルザの大聖堂への行列』吹奏楽バージョン。雨音に負けないくらいの浄化作用がある楽曲だ。

サックスパートの旋律を鼻歌で合わせながら、モフの寝床の前にひざまずく。中に米を入れたカップを置き、後ろからそっと近づいてくる人の気配を意識する。

小さな両手が顔の上部を覆った。

当然のことながら、目の前が真っ暗になる。

「ダーレだ?」

少し鼻にかかったハイトーンボイス。

誰だと訊かれても、この家にいるのは自分以外にひとりしかいない。

「……頼む。そういうお遊びは、ほかでやってくれないかな?」

視界を遮断されたまま守生が言うと、紫織が手を離さずにクスクスと笑い声を立てる。

相変わらず何が面白いんだか、さっぱりわからない。

「イテッ!」

突然、ダンボール箱に入れていた右手に痛みが走った。

紫織の目隠しを振りほどいて手の甲を見ると、軽く出血している。モフがクチバシでついたのだろう。

「あのなあ、マジでいい加減にしてくれよ……」

守生は本当にうんざりしかけていた。

紫織は頻繁にモフの見舞いに訪れて、ついでに守生をイジっていく。ときには卵チャーハンを食べていったりもする。平日は学校帰りに。休日は昼間に。

そして今日は平日なので、彼女はセーラー服にツインテール頭でそこにいる。

「ごめんね、痛かった?」

うつむいて手の甲を見つめていた守生の顔を、紫織が心配そうに覗き込む。

「……いや、ぜんぜん」

「嘘だね！　今、ちょっと間があったし、瞬きもバチバチしたもんねー」

得意満面で言う紫織。

……なあ、今どきの女子中学生って、こんなに子どもっぽいのか？　もっとウゼーとかダリーとか連発して、不純異性交遊とかしてるんじゃないのか？

強く疑問を感じながらも、守生は声の代わりに大きく息をはく。

「ねえねえ、紫織、モリオのサックスが聴いてみたい」

今度は、ちょっと甘えた感じでおねだりだ。手を負傷したばかりのプレイヤーに演奏をせがむとは、なんという屈託のなさ。怒る気にもなれない。

「今日は下のサロンお休みじゃん。しかもザーザーの雨だよ。ちょっとくらい吹いても大丈夫だよ」

そう言われると、家で楽器を鳴らす絶好のチャンスのように思えてくる。

ここ数日ずっと雨続きで、川での妄想ライブもご無沙汰だ。幸い、手の傷もたいしたことはない。

守生は、「じゃあ、ちょっとだけな」と居間に向かい、ＢＧＭを停止してサックスケースをソファーの横に置いた。

「曲のリクエストある?」

「なんか、キレイなやつ」

ざっくりとした注文だった。

迷いに迷ったが、結局、妄想ライブの定番曲で、万人を魅了するコード進行とメロディを持つ『ムーン・リバー』に決めた。

ケースを開けてアルトサックスを組み立て、マウスピースを装着する。首にかけておいたストラップで銀色のボディを支え、両指でキーを押さえて立ち上がった。

「わー、こんな近くでサックス見るの初めて。これ、なあに? これは?」

紫織の質問攻めには手短に対応し、「ドレミファソラシドーシラソファミレドー」と、音量は抑えめで音出しをする。雨の湿気のせいか、マウスピースに装着した木製のリードが、いつも以上に下唇の上でしっとりと震える。

「カッコいい! モリオ、超うまいじゃん!」

ソファーに座った紫織が歓声と共に手を叩く。

そのリアクションを心地よく感じながら、若干アドリブ多め、グロウは極力抑えて演奏をはじめた。

サックスを食い入るように見ていた紫織が、メロディに反応を示す。

「『ムーン・リバー』だ！」

Aメロに入ってすぐ、紫織が演奏に合わせて歌いはじめた。

ムーンリーバー　ラーラララー　ラーラララー　ラーラー

歌うのかと思ったらハミングだったが、音程はしっかりしている。線は細いけど、ささやくような愛らしい声。まるで、オードリー・ヘプバーンが『ティファニーで朝食を』で演じたホリーのように見える。

紫織は守生の演奏に合わせて、最後まで楽しそうにハミングしていた。

「──すごーい！」

紫織が一生懸命拍手をしている。

「なんか、チョー気持ち良かったー。アンコール！　アンコール！」

今度はアンコールの掛け声と共に、小さく手を打ち出した。

確かに、チョー気持ちいいぞ。

守生の心は、得も言われぬ高揚感に包まれていた。紫織がセーラー服だからなのか、中学の吹奏楽部でサックスを吹いていた頃に戻ったような気分だ。

それから——。

桐子がフルートを合わせてくれたことを思い出し、少しだけセンチメンタルな気分にもなっていた。

そんな気分を変えたいときは、もっとアグレッシブな曲を奏でるに限る。

こうなったら、存分に吹いてみるか。

「じゃあ、次は……」

二曲目を選びかけたとき、玄関のほうから扉の開く音がした。

鍵をかけ忘れたわけではない。紫織が来ているので、わざとかけなかったのだ。

「モリオー、上がってもいい？」

返事など待たずに入ってきたのは、葵だった。

「——あ、紫織ちゃん……だっけ？　来てたんだ」

葵が口角を不自然に吊り上げた。

胸元が開いたカットソーとスリムパンツが、豊満なボディラインを強調している。

急に、濃厚な夜の匂いが部屋中に立ち込めた気がした。

「こんばんはー。ちょうど帰るところだったんです」

紫織がスクールバッグを持って立ち上がった。先ほどとは異なる優等生の笑顔。

「そうだ、これ、将弘さんから借りたストール。返しておいてね」

紫織がバッグからファンシーな模様の袋を取り出し、ソファーに置いた。

「バイバイ。また来るね」と寝室のモフに声をかけて、玄関に向かっていく。

「紫織、送らなくて大丈夫か？」

追いかけると、靴箱からローファーを出して履き、「大丈夫。大通りから帰りまーす」

と朗らかに出ていった。

扉が閉まり、何気なく下に目をやる。

汚れたスニーカーだらけの狭苦しい玄関で、真っ赤なピンヒールが異質な存在感を放っていた。

居間に戻ってサックスを床に置き、ソファーに座っている葵の対面に立つ。

「こんな早くに来るなんて、珍しいな」

「今日はオフなんだけど、買い物で近くに来たからさ。これ、差し入れ」

葵が紙袋を差し出す。中華の惣菜パックだ。一緒に食べようとしていたのかもしれないが、気づかないふりをすることにした。

「ありがとう。あとで食べるよ」

「……サックス、吹いてたんだ」

「下は休みだし雨も降ってるから、大丈夫かと思って」

「続けてていいよ。ちょっと寄ってみただけだから」

「コンビニで買いたいもんがあるから、一緒に出よう」

本当は買いたいものなんてなかったが、守生は一刻も早く、この場から葵を連れ出したかった。

紫織がつい先ほどまで無邪気に笑っていた、この部屋から。

コンビニまでの道すがら、葵が険のある声を発した。

「あの紫織って子、お嬢様学校の制服着てたね。いつまでモリオんちに通うつもりなの?」

「ハトが回復するまで。そんな先じゃないと思うけど」

「中学生の子と関わっちゃだめだよ。変なふうに見る人もいるから」

「ああ、そうだな」

同意はしたものの、(そんなことわかってるけど、誰と関わろうが僕の自由だろ)と言い返したい自分がいた。

しばらく黙りこくっていると、「あ、宝くじだ」と葵がつぶやいた。彼女の視線の先に、宝くじ売り場がある。

「あー、百万でもいいから当たんないかなー。そしたら、あたしの借金も楽になるのに……」

葵が借金で悩んでいるのは、守生も知っている。何度も聞いているからだ。

だが、自分にはどうすることもできない。いつも黙って聞いてやるしかなかった。

「ねえモリオ、一緒に宝くじ買わない？　どっちかが当たったら山分けするの」

「いや、僕はいい」

「なんでよ」

「ギャンブルってのは、確率的に親が勝つシステムになってるんだよ。安易に当たるわけがない。宝くじの場合、親は〝全国自治宝くじ事務協議会〟だ。カネの無駄だよ。その分、貯めたほうがいいと思う」

「夢がないなあ。モリオは現実主義者だもんね」

「ってか、倹約しないと生活できないからな」

「じゃあさ、親からお金をいただく、ってのはどう？」

何かを企んでいるような表情で、葵が守生を見つめている。

「親から？」

つい、反応してしまった。

「お金持ちの子どもを保護して、親から謝礼をもらうの」

葵はいかにも楽しそうに、早口で話している。

「保護は〝誘拐〟、謝礼は〝身代金〟って言い方もできるけどね。実はさ、ネットで面白い記事見ちゃったんだ。日本の身代金誘拐って、成功率ゼロなんだって。なんでだか知ってる？」

「興味ない」

会話を避けるために歩みを速めたのだが、後ろから葵の声が追いかけてくる。

「それはね、身代金を受け渡すときに犯人が捕まっちゃうから。でもね、被害者が通報しないでお金を渡しちゃうこともあるみたい。それって完全犯罪ってやつじゃない？　でさ、あたし思ったんだよね。一千万とか欲かかないで、少ない額を要求するの。たとえば三百万くらいだけ。三百万なら黙って払う親がいるかも……」

「帰る」

唐突に立ち止まり、くだらないおしゃべりをさえぎった。

「え？　帰る？」

「具合が悪くなってきた。帰って横になりたい。ごめんな」

「……そっか。気をつけてね」

コンビニまで行かずに葵と別れた。

背中に刺すような視線を感じたが、一度も振り返らずに早足で家に向かう。

葵は守生の過去を知らないから話題にしたのだろうが、身代金誘拐の話を聞くのは耐えられなかった。本当に気分が悪い。

帰宅後、部屋に鍵をかけて『ティファニーで朝食を』のDVDを観た。

気分が少しずつ和《なご》んでいく。名作の力は、かくも偉大なのだと痛感する。

『ムーン・リバー』を弾き語るオードリーの顔が、どうしても紫織と重なって見えた。

## 2

しばらくは、平穏な日々が続いた。

葵の訪問は途絶え、夕華はモフにまったく興味を示さなかった。

守生は粛々とゴールドストーンを作り、朝になると下のサロンに納品し、夜には在庫を入れた金庫のそばで番犬のように眠る生活を送っていた。

そのあいだに、モフはぐんぐん回復していった。

紫織は何度も見舞いに訪れて、守生と共に病院へ行き、ちょいちょい自分の食べているパンやスナックをモフに与えた。

だからなのだろう。羽根の傷が癒えたモフは、丸焼きにしたらさぞかしうまいのではないかと思うくらい、丸々と肥えている。

「うまそうになったなあ」

「モフは食べ物じゃないんだからね！」

セーラー服姿の紫織が、守生のジョークに本気で怒っている。

「でも、ハトはフランス料理とかで出てくるらしいよ。丸焼きの皮がうまいらしいって
……」

「もうやめて。そんなこと言うモリオはキライ」

怒った顔が気に入り、わざと意地悪をする守生に、紫織がますます唇を尖らせる。

ふたりは、玉美川の土手沿いを歩いていた。

紫織の両腕の中には、タオルでくるまれたモフが収まっている。

今日でモフとはお別れだ。我ながらよくやったと、自分を褒めてやりたい。

手をクチバシでつつかれて、派手に水浴びされて畳がビショビショになって、飛べるようになってきてからは、部屋中を糞だらけにされて……。

「ねえねえ、モリオ」

「ん?」

「モフを助けてくれて、ありがと。大変だったでしょ」

「まあな」

あらためて礼を言われると、照れくさい。照れ隠しに、中学の頃に吹奏楽部で流行《はや》った〝音楽用語たとえ〟をしてみることにする。

「あれだな。モフはフォルティシモで生きてるね」

「あ、音楽で習った。フォルティシモって、強く、だっけ?」

「きわめて強く。いつも胸張って、ケガなんてしてません、って顔して。痛かっただろうに、弱さを見せたら天敵に狙われちゃうからな。天敵をなくすために進化してきた人間より、よっぽど強くて純粋に生きてると思うよ」

「天敵! そうだよね。ライオンとかも人が檻に閉じ込めて、天敵じゃなくしちゃってるんだもんね」

わが意を得たりとばかりに紫織がうなずき、「フォルティシモだね。偉いね」とモフを抱きしめる。モフがキュルッと小さく鳴いた。

「でもさ、モリオだってひとりでちゃんと生きてて、フォルティシモじゃん」

「強くなんてない。全然強くないよ。僕の場合は……」

こうなったら音楽用語で押し通してやろうと、言葉を選んだ。

「フリーセントかな。流れるように、って意味な」

「流れるように？」

「そう。周りに合わせて流れるように生きる。自分の意見を強く主張しない。そうすれば、余計な衝突を生まずに穏やかでいられるから」

「なるほど、フリーセントね。なんかモリオっぽい気がする」

紫織は感心しているようだが、要するに守生は、調子だけ合わせて本音を隠し、ノイズを避けるという自分のスタンスを、もっともらしく言ってみただけだった。

「じゃあ、紫織はどんなふうに生きてるんだろ？」

音楽用語でたとえてほしい、とせがまれたような気がした。

「紫織は……アウスゲラッセンって感じ」

「アウスゲ？」

「元気いっぱいで豊か」

「わー、いいじゃん、それ。豊かに生きてるってことだよね」

紫織が破顔した。

……アウスゲラッセンには〝騒《さわ》がしい〟という意味もあるけど、それは言わないでおこう。

「アウスゲーかあ」とうれしそうに繰り返す紫織と、その手に抱かれたモフを見て、守生は一抹の寂しさを抱いていることに気づいた。

突如舞い込んできた、己が庇護《ひご》すべき無垢な生き物。自分以外の息吹《いぶき》を感じながら暮らした日々は、それなりに刺激的で、使命を果たすことへの充足感すらあった。

その一方で、モフを野に帰す日を迎えたことに、深い安堵と解放感も覚えている。

これからは紫織の訪問もなくなるだろう。ユニークではあったが、明らかに不協和音が生じていた日常の旋律が、ようやく元の安定した協和音に戻るのだ。

梅雨晴れの夕刻。玉美川の水面《みなも》は、燃えるような夕焼けを映し出し、真っ赤に染まっている。草むらを駆け回る子どものハシャギ声が、耳に心地よく響く。

紫織から、「どうせ放すなら景色のキレイなところがいい」と言われていたので、守生は夕焼けが最高に映える土手沿いの高台を選んであった。

「モフ、元気でね。紫織たちのことは、忘れちゃっていいからね」

名残惜しそうにそっと抱きしめたあと、紫織はモフを茜《あかね》の空に放った。

真っ白なハトが、一直線に羽ばたいていく。

大きな夕日に向かって、癒えた翼を懸命に動かし、力強く羽音を鳴らしながら。

――やがてそれは小さな黒い点となり、視界から消え去った。

「モフはホント、フォルティシモだね」

横の紫織が涙声で言った。

守生は「そうだな」と答え、ひたすら空を見上げていた。


帰り道。ふたりで河川敷をとぼとぼ歩いていると、前方の草むらに野球帽を被った男児と長髪の髭面男が立っていた。

――ケンさんだ!

発砲事件のあと、何度か河原には来ていたのだが、雨続きだったこともあり、ケンとは会えないままでいた。

そばに行こうとした守生の腕を、紫織がガシッと摑む。

「モフを撃った子。銃を持ってる！」

確かに見覚えのある男児だ。ケンから黒い銃らしき物体を手渡されている。

「なにやってんだよっ」

駆け寄った紫織が、モフの仇と言わんばかりに男児に突っかかっていく。

「うわあぁ」

男児が紫織に銃を向けた。銃口から白い煙が流れている。

「危ない！」

守生はとっさに紫織の前に立ち、彼女を庇おうとした。

「カーーーット！」

映画監督風に叫んだのは、ケンだ。

「いいね、迫真のバイオレンスシーンだった。なあ？」

男児が「うん！」と元気よく答える。

「な、なんなんですかっ？」

わけがわからない守生に、ケンが「驚かせてワリイな」と謝り、男児から銃を受け取って種明かしをしてみせた。

「見りゃわかるだろ。俺の工作だよ。なんちゃってエアガン」

要するにそれは、底を切ったペットボトルに風船のゴムをかぶせ、トイレットペーパーの芯を垂直にくっつけて、黒いビニールテープでコーティングしたものだった。照準器やトリガーガードのような装飾も施してある。

遠目に見て本物とカン違いする人は、守生以外にもいるだろう。

「さっきの煙は、ボトルの中に溜めた線香の煙な」

言われる前から、ケンの足元に線香が置いてあるのに気づいていた。

「これ、結構、威力あんだぞ」

ケンが地面にタバコの空箱を置いて、なんちゃってエアガンを構える。

トイレットペーパーの芯でできたグリップを左手で握り、右手でゴムを思いきり引っ張って放すと、圧縮された空気の威力で箱が飛んでいった。

「おおー」と男児が手を叩く。

紫織は呆れたような顔をしている。

「あのよ、こいつマナブっていうんだけど、ハトの件は死ぬほど反省してるみたいだから、許してやってくれよ」

マナブの頭を、ケンが手で押さえて下げさせた。

「ほら、お前もちゃんと謝れ」

「……ごめんなさい。もう二度としません」

マナブは、ケンに言われたからではなく、本当に反省しているように見える。

「紫織に謝られても困る。モフに謝んなよ」

気持ちがやわらいだのか、紫織の口調も落ち着いている。

「モフって、あのハトのことか？」

ケンが守生に訊ねてきたので、家で保護したハトが、つい先ほど飛び立ったことを説明した。

横で耳を澄ましていたマナブがホッとした表情を浮かべ、足元の線香でエアガンに煙を溜めはじめた。

「そうか。大団円だな」

線香の横にあったカップ酒を取り、一気にあおったケンに、紫織が鋭く問いかけた。

「ねえ、本物のエアガンはどうしたの？」

「……ゲホッ」

ケンが酒に軽くむせた。

「……あ、あれな。コルト・ガバメント。十八歳未満は使用禁止のエアガンだ。俺がちゃんと処分しておいたから」

「処分って？」と紫織がツッコむ。厳しい視線をケンに向けている。

それが嘘なのかどうか、相手の瞬きで読み取ったのかもしれない。

「あれはマナブのオヤジのもんだった。成績のことで叱られて、腹いせに持ち出したらしい。改造されてたから、警察に見つかったらマナブのオヤジがヤバいことになる。だから、俺が裏ルートで処分しておいた。……マナブ、オヤジにはなんて言ったんだっけ？」

マナブがケンを見上げて言った。

「川で怖いオジサンに取り上げられた。返してほしければ組に連絡してこいって、そのオジサンが言ってた」

いかにも暗記させられたようなセリフだ。

「よくできました」

ケンが黒く欠けた前歯を覗かせる。

「ねえ、そんなことしていいの？」

紫織はさらに追及する。

「どうせ没収されるんだ。大して高いもんでもねえし、マナブの家、小金持ちらしいから屁でもねえだろ」

ケロリとした顔で言う。どこまでも食えない男だ。

「でも……」

まだ何か言いたそうな紫織だったが、守生は面倒ごとになるのを避けるため、「ケンさんに任せたほうがいいよ。マナブも反省してるんだから」と制しておいた。

「まあ、いいけどさ」

やれやれ、といった感じで紫織が肩をすくめる。

煙を溜めたマナブがその場から少し離れて、タバコの空箱を地面に置いた。なんちゃってエアガンを構えて、空箱をすっ飛ばす。

「おもしろーい！　もう一回やろっと」

遊びに夢中になるマナブ。本物でハトを狙うより、遥かに健全な遊び方だ。

「マナブ、日が暮れないうちに帰れよ」

声をかけたケンが、誰にともなく言葉を続ける。

「子どもはよ、野っぱらで遊ぶのが一番なんだよ。夢中で遊んでりゃ、親とのイザコザなんざ、すぐ忘れちまう」

やさしげな眼差しをマナブに注ぐ。

この人が子どもを遊ばせるのは、これが初めてではないのかもしれないと、守生は思った。

そのとき、紫織が「あ、猫だ！」と小さく叫んで土手を指差した。

猫が二匹いる。片方が黒猫、もう片方が三毛猫。光る眼で守生たちを一瞥《いちべつ》し、走り去っていく。

「黒いのがジョン、三毛がヨーコ」とケンが説明する。

紫織が「ケンさんの猫？」と尋ねた。

「いや、野良猫。たまに弁当の残りやったりしてっけど」

「紫織もあの子たちにパンあげたことある。そっか、ジョンとヨーコっていうんだ」

「俺が勝手に呼んでるだけだけどな」

「紫織も名前、付けようと思ってたんだ。これからはジョンとヨーコって呼ぶね」

「おう。ラブ&ピースな感じでいいだろ」

「ラブ&ピース？　なんで？」

「あのな、ジョン・レノンっていう偉人がいてな。ヨーコは奥さんで……」

ケンが紫織に、ジョンとヨーコが発信した愛のメッセージについて語りはじめた。

——なるほど、ケンさんも玉美川で動物に餌付けをしていたのか。

餌付けは生態系が乱れる、などと言う気は毛頭なかった。近くに無垢な生き物がいたら腹を満たしてやりたくなる気持ちは、すでに守生も理解していたからだ。

ケンの解説が終わったあたりで、紫織に声をかけた。

「そろそろ帰ろうか」

「うん」

「モリオ、またライブやってくれよ」

「了解です」

調子よく答え、紫織と共にその場をあとにした。

3

打ち上げをしよう、と紫織が言った。

「そんなことしてたら遅くなるからダメだ」と一度は却下した守生だが、「紫織、塾の日は夜十時すぎに帰るんだよ。大丈夫だよ。どうせ、いま帰っても独りだし」と訴えられ、考え直した。

紫織の両親は帰宅時間が遅いため、家政婦が作り置きした夕食を独りで食べることが多いらしい。それに、今日はサロンも改修工事とやらで営業していない。守生は完全フリーだ。

「じゃあ、なんかうまいもんでも食べようか」

承諾はしたものの、セーラー服の少女とどこかの店に入る勇気はない。だから、奮発して東口の高級スーパーで買い物をし、家で料理を作ることにした。

「今日は紫織がお料理するからね」

宣言した彼女とスーパーの店内を歩き回る。

他店よりも値段は高いが、質も上等そうな生鮮食品がズラリと並んでいる。

守生が押すカートに食料品をポンポン入れていく紫織は、いたく張り切っている。

一瞬、いくら払うことになるのか心配になったが、紫織の楽しそうな笑顔が、その心配をどこかに吹き飛ばしてしまった。

レジに並ぼうとしたら、紫織が「パセリ忘れた！」と言って後ろを向き、勢いよく走り出した。「走っちゃダメだよ」と守生が止める間もなく、近くにいた中年女性とぶつかってしまう。

「あっ、ごめんなさい！」

あわてて謝る紫織。よろめいた女性が棚に身体を打ちつけ、陳列してあった特売品の缶詰が床に散らばった。

「わ、すみません！」

守生も謝り、紫織と一緒に缶詰を棚に戻す。女性はムッとした表情で去っていく。

ふと周りを見ると、買い物客たちの視線が自分と紫織に注がれている。

スマホを手にしたサラリーマン風の男と、目がバッチリ合ってしまった。

「ここはいいから、パセリ取ってきな。今度は走るなよ」

「はーい」

野菜コーナーに向かう紫織の背中を見ながら、守生は周囲の目に自分たちがどう映ったのか、少し気になって考えてみた。

二十九歳の男と十四歳の少女。親子って感じじゃないよな。先生と生徒？　いや、僕が聖職者に見えるわけがない。恋人同士……ナイナイ。まあ、歳の離れた兄貴と妹ってとこだな。

勝手に決めて満足し、すべての缶詰を棚に戻すと、パセリを持った紫織が小走りで戻ってきた。

「一個だけ残ってた！」

「だから走っちゃダメだって」

守生は苦笑した。紫織がペロッと舌を出す。

子どもっぽい仕草が、やけに愛らしく感じた。

レジで会計を済ませ、パンパンになった紙袋を抱えてスーパーを出た。

「昔は東口側も普通の住宅街だったのに、変わっちゃったよなあ」

駅前のビル群を眺めながら、守生がしみじみと言った。

ロータリーの先に、ひと際目を引く全面ガラス張りのビルが見える。

屋上の看板に『STコーポレーション』とある。

「あのガラスのビルね、お祖父ちゃんの会社のビルなの。でね、その中に、お父さんの会社も入ってるの。お祖父ちゃんの会社の子会社なんだって」

紫織がさらりと言う。自慢したいわけではなく、守生に自分の家族のことを教えたいだけのように思えた。

「へえ。すごいな」

紫織は金持ちのお嬢様なのだと、あらためて認識した。

「ねえねえ、モリオの実家も河坂なんでしょ？　おウチはどこらへんにあるの？　お父さんのラーメン屋さんは？」

「どっちも東口側にあったけど、とっくに壊されてマンションになっちゃったよ」

「そうなんだー。紫織も行ってみたかったな」

無邪気な声をきっかけに、かつての住まいが脳裏に浮かんだ。

物心がついた頃から父親の誘拐事件が起きるまで、ずっと暮らしていた家だ。

一階がラーメン屋で二階が畳敷きの部屋しかない住居。構造も昭和っぽい雰囲気も、『歌ラブユー』だった頃の今の家とよく似ていた。現在の暮らしに愛着を感じているのは、そのせいかもしれない。


——こんな生活を、いつまで続けるつもりなのだ——


また、自分を責める自分の声が響いてきた。頭を切り替えたほうがよさそうだ。

守生は中身が詰まった袋を持ち直し、「なあ、これ、買いすぎなんじゃないか？　紫織ってホントに料理できんの？」と、若干気になっていたことを口にした。

「できるよ！　本当のお母さんに教えてもらったから」

「今日はナニ作るんだっけ？」

「んっとね、夏野菜のペペロンチーノと、トマトとアンチョビのサラダと……」

「ハトの丸焼きは？」

「……最低！」

ふくれっ面の横顔を見て心を和ませた守生は、ネオンが点り始めた繁華街を避け、大通りを通って家路についた。

およそ一時間後。居間の小さなテーブルは、料理の皿でいっぱいになっていた。守生がこの家で見る、これまでで一番華やかなディナーだ。

「わー、うまそう」

「でしょ。これ、紫織の得意メニュー」

制服の上にスーパーで買ったエプロンをつけた紫織が、腕を組んで胸を張る。

守生は微笑ましく思いながら、邦楽の最新ヒットソング集をＢＧＭに選び、テーブルに着いた。

「いただきます」

「どうぞ。たくさん食べてね」

紫織のパスタはやや塩っ辛く、ガーリックトーストは焦げていたが、守生は「うまい！」を連発して平らげた。

食後のデザートは、守生が用意した『メロンのアイスクリームのせ』。

半分にしたメロンの皮のふちをギザギザにカットし、果肉の上にアイスを盛っただけなのに、紫織は「サイコー、美味しいー」と、大げさなくらいよろこんでくれた。

ふたりのテンションがやけに高かったのは、お互いに、これが〝最後の晩餐《ばんさん》〟だと認識していたせいかもしれない。少なくとも、守生はそう思っていた。

デザートを食べ終えた紫織が、突然、「そーだ！」と声をあげて寝室に走っていった。

窓を勢いよく開けてベランダに立つ。

「わあ、見て見て！　すごいよ！」

はしゃぐ声に誘われて、守生もベランダに出た。

石を干していなかったことに安堵しながら、紫織が指差す方向を見る。

想像もしていなかった絶景に、思わず息を呑んだ。

濃紺の空。

遠くに並ぶ家々の屋根ギリギリの位置で、まん丸の月が紅く輝いている。

本来の色に鮮血を混ぜたような紅い月。

魅入った者を狂わせるのではないか、と危ぶんでしまうほどに、妖しく、美しい。

「ローズムーンだ……」

隣に並んだ紫織が、うっとりとつぶやく。

「ローズムーン？　なにそれ、薔薇の月？」

「そう。六月の満月って薔薇みたいに赤くなることが多いから、ヨーロッパとかでは『ローズムーン』って呼ぶんだって。好きな人と一緒に見ると、永遠に結ばれるって伝説があるんだよ。今朝、テレビで女子アナが言ってた」

そりゃまた乙女チックな伝説だな。紅い満月といえば、不吉の象徴でもあるはずだ。災いが起きるとか、事故が多発するとか、オカルトな伝説のほうが多いんじゃないか？

……なんてことはもちろん言わずに、守生は「そうなんだ」と相槌を打った。

「なんで月が赤くなるか、知ってる？」

紫織が月から目を離さずに言った。

「夕日が赤いのと一緒。夏至の頃の満月は、一年で一番高度が低くなる。星が低い位置にあると、大気の影響で人の目には赤く見える」

マメ知識を披露すると、紫織は守生を見上げて「ピンポーン。正解でーす」と片手を上げておどけた。その様子が可愛らしかったので、守生はもうひとつ、彼女が興味を持ちそうなマメ知識を話すことにした。

「今夜は、海に『サマースノー』が降ってるよ」

「え？　え？　サマースノーってなに？」

案の定、食いついてきた。

紫織の両目が月の光を受けて紅く光る。

「珊瑚の産卵のこと。珊瑚って、夏の満月の夜に卵の入ったカプセルを放出するんだって。種類によって時期はズレるみたいだけど、同じ種類の珊瑚は、同じ夜に一斉に産卵する。その光景が雪みたいだから、サマースノーって言うんだってさ」

「へええ。サマースノー、夏の海に降る雪。超ロマンチックじゃん！　見てみたいな。ダイビングしたら見れるのかな」

「沖縄とか、透明度の高い海ならナイトダイビングで見れると思うよ」

でも、僕は写真や動画だけで十分だ。実際に見たいとは、これっぽっちも思わない。

そう続けようとしたのだが、理由を話すと長くなりそうなので、黙っておくことにした。

しばらくして、祈るように両手を組んだ紫織が、ささやき声を出した。

「紫織、モリオとローズムーン見ちゃった。モリオが運命の人だったら、どうしよう」

「んなわけ……」ないだろ、と続けようとしたのだが、神妙な紫織の横顔を見て、言葉を引っ込める。

——なんだか落ち着かない。自分の心臓音が聞こえてくる。

いや待て、相手は十四歳の中学生だぞ。ドギマギしてる場合か！

「あっ、UFOだ！」

空の一点を指差すと、紫織が「えっ？　どこどこ？」と目を凝らす。

「うっそー」

「もー、モリオってば、チョー子どもっぽい」

紫織の笑い声を聞きながら、守生は場の空気を変えられたことに安堵した。

どこかで犬が遠吠えをしている。狼男かもしれない。

人間が狼に変身しても不思議ではないくらい、その夜の満月は紅かった。

部屋に戻って時間を確認すると、午後九時半をすぎていた。

「紫織、もう帰らなきゃダメだよ」

「もうちょっとだけ待って」

紫織は居間のパソコンで何かを調べ始めた。守生が背後から覗き込む。検索キーワードは『サマースノー』だ。

やがてモニターに、珊瑚の産卵シーンをとらえた動画が映し出された。密集した象牙色《ぞうげ》の枝珊瑚が、夜の海中で小さなカプセルを一斉に放出している。

暗闇でふわふわと舞い踊る、ピンク色の粒たち。

星のない夜空にピンクの雪が降っているような、幻想的な光景。

「……キレイ。いつか絶対見たい。ダイビングの免許って、何歳から取れるのかな？」

紫織の疑問に、「規制はあるけど十歳から取れるよ。免許がなくても、大人と一緒なら体験ダイブができる」と答えると、モニターを見ていた彼女が守生に顔を向けた。

「モリオ、詳しいね。もしかして、潜ったことあるの？」

「あるよ。でも、もう二度と潜りたくない」

つい、余計なことを口走ってしまった。紫織は楽しげに笑う。

「わかった、溺《おぼ》れて海がコワくなっちゃったんだ。それ、トラウマっていうんだよ」

「心理分析の人が言ってたのか」

「ううん、常識」

紫織が得意顔をしてみせる。守生は薄く笑った。

「まあ、そうかもな。溺れたわけじゃないけど」

「じゃあ、なんで？」

嘘を見逃さない、真っすぐな視線。守生の口が自然に開く。

「一度だけ、体験ダイブで潜ったことがあるんだ。子どもの頃、オヤジと行った沖縄で。海の中、スゲーきれいだった。真水のように透明で、太陽の光がキラキラ差し込んでて、カラフルな熱帯魚がわんさかいて。フィンをひと蹴りしただけで、身体がフワッと宙に浮くんだ。重力のない世界って、こんなに自由なんだなって思った。万能感で満たされて、神にでもなったような気がしたよ。でも……傷つけちゃったんだ」

「なにを？」

「枝珊瑚。なんも考えないで足をバタバタしてたら、フィンが当たって折れちゃった。振り返ってビックリしたよ。僕が通ったあと、海中に細い枝がいっぱい舞ってて。枝珊瑚って、一センチ成長するのに一年もかかるんだって。なんかショックで」

ひと呼吸した守生は、いつになく饒舌《じょうぜつ》な自分に戸惑いを覚えた。

――きっと紅い満月のせいだ。それとも、目の前の少女が、聖母のようにやさしく微笑んでいるからなのか。

それで？　と言っているような表情に促され、話を続ける。

「……だから、テクニックがないとダメなんだ。未熟なまま潜って自由になったような気になっても、何かを傷つけちゃうんだよ。でも、テクをマスターするには勉強とか訓練とか、努力が必要だろ？　それはめんどくさい。だから僕は、ちゃんと努力した人が撮った画像を、眺めてるだけでいいんだ」

守生が言い終えると、紫織が静かに声を発した。

「傷つけるのがコワイから潜らないんだ。わかる。海って人のココロみたいだね」

「……鋭いこと言うね」

そうだ、僕は他人の心に深くダイブしたくない。

もちろん、自分にもダイブされたくない。

誰もそこに潜らなければ、海は穏やかでいられる。

傷つくこともないし、汚れることもない。

ごくたまに、僕の海に潜ろうとする人もいるけど、水面で調子だけ合わせながら、その誰かが去っていくのを待つだけ。

深く潜られて荒らされるのだけは、絶対に御免だ。

——ふいに疑問が浮かんできた。

「なあ、放課後に友だちと遊んだりしないの？　ずっとここに入り浸ってたけど」

するとと紫織は表情を変えずに言った。

「友だちってなに？　学校で一緒にいる子をそう呼ぶならいっぱいいるよ。でも、放課後の自由な時間まで、みんなと一緒にいなくてもいいじゃん」

素早くそっぽを向く。

無邪気で素直で、友だちの多そうな女子中学生だと思っていたが、意外と冷めた面も持っているようだった。それは守生の目に映る紫織という少女の、ほんの一面にすぎないのだろうけど。

「もう帰りな。送ってくから」

「ねえ」

紫織が守生をじっと見つめる。澄みきった大きな瞳で。

「また卵チャーハン、食べに来ていい？」

答えに詰まって視線を逸らした。

「……学校の友だちと遊びなよ」

わざとぶっきらぼうに返答したら、紫織がキッと睨みつけた。

「なんで、そんなこと言うの？」

「え……？」

守生は動揺した。彼女の目に涙が光っていたからだ。

「モリオのイジワル！」

紫織がスクールバッグを持ち、部屋を飛び出していく。

「ちょっと待って！」

守生はあとを追ったが、目にも留まらぬ速さで走り去ってしまった。

――仕方がないよ。

未成年の女の子が成人男性の家に来る理由は、もうなくなったんだから。

自分に言い聞かせながら家に戻る。

独りっきりの居間の灯りが、やけに昏《くら》く感じた。

## 4

「あのバンド、どうだった？」

青いBMWのオープンカーを運転しながら、将弘が問いかけてきた。首元で結んだ緑のストールが、風で煽《あお》られて音をたてている。紫織から戻ってきたストールだ。

「悪くなかったよ。演奏のレベルはかなり高かった。ボーカルのビジュアルもいいし、中高生の女の子にウケそう」

助手席に座った守生が意見を述べる。

将弘の誘いで横浜のライブハウスに行き、久々にスタンディングでライブを体感した守生は、本革シートで心地よい倦怠《けんたい》感を味わっていた。屋根のない車から眺めているせいか、河坂駅東口側の夜景がいつもより輝いて見える。

「じゃあ、紫織ちゃんにも観てもらえばよかったかなあ」

にこやかに言う将弘。守生は「そうだな」とだけ答えておいた。

紫織とはローズムーンの夜以来、一度も会っていない。

――モフがいたときは、毎日のように来てたのにな……。

夜景の輝きが急速に褪《あ》せていく。

紫織のことを頭から振り払うために、朗らかな声を出す努力をした。

「やっぱライブの生音はいいな。たとえ好みじゃないバンドでも」

「好みじゃない、は余計だろ」

笑いを含んだ声で言った将弘が、「実はさ、モリオに話があるんだ」と思わせぶりに続けた。「ちょっと停めるぞ」

将弘は車を路肩に寄せ、改まった口調で切り出した。

「うちの事務所、インディーズアーティストのマネージメントもやることになってさ。あのバンドが第一号になりそうなんだ。よかったらオレの仕事、手伝ってくんない？　モリオは音楽に詳しいし、即戦力になってくれそうだからさ」

思いがけない提案に、戸惑ってしまった。

将弘から仕事の誘いを受けるのは、これが初めてだ。もしかしたら、ずっと定職に就かないでいる自分に、同情心から手を差し伸べようとしているのかもしれない。

それは非常にありがたいことなのだが……。

「考えさせてもらえるかな。今の仕事もすぐには辞められないだろうし」

と返事をしておいた。友人から憐れみでもらう仕事に、飛びつくほど落ちぶれてはいない、と信じたかったから。

「そりゃそうだ。まあ、その気になったら言ってくれよ。オレさ、ぶっちゃけちゃうと、モデルの世話より音楽に関わる仕事をやりたいって、ずっと思ってたんだ。モリオにも力になってほしいって、マジで思ってる」

将弘の横顔は真剣だ。守生は心がピクリと動くのを感じた。

「……わかった。ちゃんと考えるよ」

素直に「ありがとう」と言えない自分自身が、とても歯がゆかった。


「あ、悪かったな。こんなとこに車停めちゃって」

将弘がエンジンをかける。

「こんなとこって？」

そこは、河坂駅の向かいにある全面ガラス張りのビルの前だった。

入り口のガラス扉に『不動産投資会社・STコーポレーション』とある。

紫織の祖父が経営する会社のビルだ。父親が社長を務める子会社も、ここに入っていると言っていた。

「そっか。モリオ、知らなかったんだ」

「何を？」

「……いや、なんでもない」

将弘はシフトレバーに手を伸ばそうとしたが、守生がその手を制した。

「そこでやめられると気持ち悪い。こんなとこって、なんなんだよ」

少しの間のあと、将弘が重い口を開いた。

「桐子」

「……え？」

「式田桐子。この〝STコーポレーション〟って、彼女の親父さんの会社なんだよ」

「は……？」

一瞬、思考回路がショートした。

式田桐子。十六年前に父親が誘拐した、守生の初恋相手。

「……ごめん、やっぱ言わなきゃよかったな。式田桐子の話、モリオにはしないようにしてたんだけどさ」

申し訳なさそうに謝る将弘に、守生は激しい口調で迫った。

「なんでだよ！　桐子の親父さんの会社、昔は隣の駅にあったじゃないか。社名だって違う。確か、〝式田投資顧問会社〟だったはずだろ？」

「どっかの不動産会社と合併して、社名を変えたらしい。で、このビルに移転したんだよ。オマエが河坂に戻ってくる少し前に」

「そんな……ってことは……まさか……」

パニック状態で口がうまく回らない。

「……なあ、桐子は？　桐子は今、何してんだ？」

「結婚したって話は聞いたことあるけど」

「いつ？　誰と？」

「中学を出てわりとすぐ」

「中卒で？　なんでそんな早くに……」

「これも聞いた話なんだけどな」

とても言い辛そうに、将弘が打ち明けた。

「中三で不登校になって、高校には進学しなかったらしい。引きこもりってやつだ。で、親父体裁を気にした親が大学生の家庭教師をつけたら、子どもがデキちゃったらしくて。親父さん、その大学生を自分の会社に入れて、すぐに責任を取らせたみたいだって、ずいぶん前に誰かが言ってた」

「中学で不登校……家庭教師と結婚……」

実は、守生が知る桐子は、ほんの少しだけ周囲から浮いていた。動作や返事が人よりも遅く、いつも笑みを浮かべていたからだ。だが、何か障害があったわけではない。私立の小中高一貫校に受験で受かったわけだし、フルートだって抜群に上手だった。

ただ、彼女とは同じ学校ではなかったため、同級生からどう見られていたのかはわからなかった。

一度だけ、桐子が悲しそうに告げたことがある。「のろま、って陰で言ってる人がいるみたい」と。そのせいで孤立し、放課後は守生の家に来ていた可能性もある。

そんな桐子が不登校になり、引きこもってしまったのなら……。

――きっと守生親子のせいだ。

守生の父親・源治に誘拐されたから。目の前で源治が事故死したから。

その後、自分が噂の的になってしまったから。

だから、人前に出ることを拒むようになった。

そのくらい桐子にとって、あれは衝撃的な事件だったのだ。

罪悪感で心が支配された守生の隣で、将弘が話を続けている。

「あくまでも噂話だ。本当のことはよく知らないし、そのあとのこともわからない。オレは式田桐子と話したこと、ほとんどなかったからな。彼女、結婚後も家にこもりがちで、友だち付き合いもあまりなかったみたいで……。モリオ、昔のこと思い出したか。ホント、悪いこと言っちゃったな……」

将弘の声が、どんどん遠ざかっていく。
守生は確信していた。
式田桐子の父親と白部紫織の祖父は、同一人物だ。
桐子は高校には行かずに結婚して、娘を産んだのだ。十七歳で。
桐子は自分の二歳上。今は三十一歳だから、十四歳の娘がいるなら計算が合う。
結婚して名字が白部に変わったから、今まで気づかなかったのだ。
いや、待てよ……。
――本当のお母さん、もういないの。去年、病気で死んじゃったから――
紫織はそう言った。ということは……。
「……死んだのは、桐子だ」
守生はほとんど無意識に、心の声を口から発していた。
「紫織は桐子の娘だったんだよ！　昔、オヤジが誘拐した桐子の――」

# 第三章

# 「運命の熱帯魚」

平成二十五年（2013年）六月の出来事

1

今から十六年前、十三歳の秋。
カーテンを閉めきったラーメン屋の店内。冷蔵庫の振動音。蛍光灯の青白い灯り。
電話の受話器を持ったオヤジが、こちらに背を向けて立っている。
壁の鏡に、後ろ手で縛られた桐子と自分が映っている。
恐怖で顔を歪ませた桐子が咎《とが》めるような目で睨み、悲愴感を滲《にじ》ませた声を出す。
「コウセイくん、助けて!」

あのとき僕は、桐子を逃がしてやれなかった。そのせいで彼女は誘拐の被害者となり、オヤジは誘拐犯となって死んだのだ。
中学三年生だった桐子は不登校となり、高校も行かずに家庭教師と結婚した。その後、家にこもりがちの日々を送って、娘を残して天に旅立った——。

お前のせいだ。お前と父親のせいだ。
あの誘拐事件が、桐子の人生を狂わせてしまったのだ。

心の声が自分を執拗に責め立てる。
もしも勇気があったら。あのとき、桐子を逃がしてあげられていたら。
桐子は被害者になどならず、オヤジもまだ生きていたかもしれないのに。

そして今、偶然にも出会ってしまった桐子の娘、紫織。
僕はこれから、自分の罪をどう償えばいいのだろう——?

「着いたぞ」

将弘の声で、自宅の前にいることに気づいた。

「モリオ、大丈夫か？」

「あ、ごめん。考え事してた」

「あのさ……」

将弘が守生の目を見て言った。

「自分を責めるなよ。親父さんの誘拐事件とモリオは関係ないんだからな。式田桐子が亡くなってたことも、彼女の娘が紫織ちゃんだったことも、オマエとは一切関係ない。そうだろ？」

関係なくなんてないんだ！　と言いかけたが、言葉を飲み込んだ。

「ああ、大丈夫だ。驚いただけだから。じゃあ、またな」

無理やり笑みを張りつけ、車から降りる。

「……あれ？」

運転席で将弘が怪訝《けげん》そうな声を出し、守生の背後に目を凝らす。

「もしかして、紫織ちゃん？」

「えっ？」

あわてて家の二階に目をやると、玄関前の踊り場に人影がある。

白いリボンのポニーテール、見覚えのあるオーバーオール。

まぎれもなく紫織だ。胸の鼓動が、急激に速まっていく。

「……こんな時間に、何かあったのかな？」

将弘が首を捻《ひね》る。守生は「すぐ帰す」と右足を前に踏み出した。

「オレが車で送ろうか？」

「いや、話を聞いてから僕が送る」

「紫織ちゃんはなにも知らないかもしれない。今まで通り接したほうがいいぞ」

「わかってる」

後頭部に将弘の視線を感じたが、早足で階段まで行き、猛スピードで駆け上がる。

「紫織、どうしたんだよ？」

床に体育座りをしていた紫織が、急いで立ち上がった。

「ずっと待ってたんだよ！　これ、どうしたらいいのかわかんなくて……」

彼女は目に涙を浮かべて訴え、腕に抱えていたものを差し出してきた。

守生の両手にすっぽり収まるくらいの、青い蓋がついたビンだ。水がたっぷり入っていて、底に白い砂のようなものと小石が見える。

その中で——小さな魚が一匹泳いでいた。背と胸のヒレをピロピロと動かして。

大きさは二センチくらいだろうか。基本の色は鮮やかな黄色。左右についた飛び出しそうなほど大きな目が、クルクルとユーモラスに動く。うっすらと開いた口が、笑っているように弧を描いている。

力が抜けるほど愛らしい魚だ。

なんだコレは！　と叫びたい気持ちをこらえ、屈んで紫織と視線を合わせる。

「もう遅いから明日にしよう。送ってくから」

「やだ」

紫織は首を横に振り、唇を噛みしめて魚のビンを抱きかかえた。

「だめだって。家の人が心配するだろ」

すると、紫織の両目から涙が溢れてきた。

守生は正視できずに目を逸らす。

頼むから、僕の前で悲しい顔をしないでくれ……。

いっそのこと、こう言ってしまいたかった。

君の亡くなった母親は、昔、オヤジに誘拐されたんだ。僕に助けを求めたのに、何もできなかった。僕は誘拐犯の息子で、君は被害者の娘。だから、僕たちはもう関わっちゃいけないんだよ、と。

――しかし、それは自分の問題であって、紫織の気持ちとはなんの関係もないのだ。助けを求めてきた彼女を、放り出すわけにはいかない。

「……じゃあ、中で話そう」

涙目の紫織を家に入れて、台所の椅子に座らせる。

ティッシュを渡すと、思いっきり鼻をかんだ。

自分も対面する椅子に座って、何があったのか訊いた。

「あのね、この子たち、福引きの景品で。ヒドいよ！　ありえないよ！　でね……」

感情的でイマイチまとまりのない彼女の説明を、頭の中で整理した。

今日の午後、河坂駅のアーケード街で福引きの抽選会が行われていた。

紫織はアーケード内の買い物客を対象にしたその福引きで、熱帯魚が景品になっているのを見た。当選発表の鐘の音や、マイクのアナウンス音が鳴り響くブースで、景品として並ぶいくつもの熱帯魚のビン。その中の一匹と目が合った（と思った）彼女は、熱帯魚が助けを求めているように感じたという。

どうにかしたいと思い、あり金をつぎ込んで買い物をした。抽選券を何枚も手に入れ、福引きに挑戦し、やっとひとつだけ当てることができた。

ビンの中にバイオ砂と酸素を出す石が入っているので、付属のエサをあげれば、このまま飼育できる。説明書にはそう記載されてあった。

初めは家に持ち帰って飼育しようかと思ったのだが、継母から烈火のごとく怒られたあげく、「玉美川に流してこい」と言われたらしい。

その行為は、熱帯魚にとって死を意味するのに。

継母の対応に絶望した紫織が頼れるのは、守生しかいなかった。そのため、家の前で帰宅するのを待っていた——とのことだった。

「もう、信じられないよ。動物虐待だよ！」

紫織が必死な表情で訴えかけてくる。テーブルに置いたビンの中で、熱帯魚がのんびりと泳いでいる。

「紫織の気持ちはわかった。でも、生き物を飼うときは、家の人と事前に相談しなきゃだめだよ」

守生は、なるべく穏やかに話すように努めていた。

「……だって、あの子たちがかわいそうで、ほっとけなくて」

「そんなこと言ったら、ペットとして売られる生き物は、全部かわいそうってことになっちゃうよ。そこでペットに出会えてよかったって、みんな思ってるんだから……」

守生の言葉に、紫織が口を尖らせる。

「それは人間側の勝手な意見じゃん！　ピー太は、死ぬのを待つだけのビンにずっと閉じ込められてたんだよ！　さっきネットカフェで調べたの。あの子たち、外国の海から連れてこられて、フンで水が汚れるからってエサももらえないで、福引きの景品にされてたんだよ！　許せないよっ！」

激しくて、ひたむきで、一点の曇りもない眼。

そこからほろりとこぼれた涙が、守生にはまぶしかった。

「ピー太って、もう名前付けちゃったのか」

「付けちゃった」

両手で涙を拭った紫織が、ビンの中のピー太を見つめた。彼女が人差し指を近づけると、ピー太も近寄って身体をくねらせる。

「すごい人懐こいの。人にこんなヒドイことされてるのに」

紫織がまた涙ぐむ。

守生は、とっくにわかっていた。

紫織がこの小さな熱帯魚を放っておけないように、自分も目の前の少女を放っておけないことを。

「なんとかしてやりたいけど、うちでピー太は飼えないよ」

「モフは預かってくれたじゃん！」

声を荒らげる紫織に、諭すように言った。

「それは、傷が治ったら飛び立てるって、わかってたからだ。ピー太はもう、故郷の海を泳ぐことはできない。いつかここで死んでしまう。それを見るのは、どうしても嫌なんだ」

守生は立ち上がり、黙り込んでしまった紫織の肩をそっと叩いた。

「ちょっと待ってて。この熱帯魚のこと調べてみるから」

居間のパソコンに向かい、ネットで情報を収集する。

驚くことに、ピー太は簡単に飼えるような熱帯魚ではなかった。水槽や濾過《ろか》装置などを整え、水の温度や成分に細心の注意を払わないと育てられないのだ。

「確かに酷いな……」

思わず声が漏れた。

ビンの中で簡単に飼えると謳《うた》い、あとは知らんぷりか。人というヤツは、金儲けのためならなんでもやる生き物なのだと、つくづく思い知らされる。

続いて、河坂駅周辺で魚を扱うショップを検索した。

隣の駅にアクアリウム専門店がある。もうすぐ閉店時間だ。

台所に戻って紫織に話しかける。

「紫織、ピー太は素人が気安く飼える魚じゃない。専門店に引き取ってもらおう。そのほうが安心だ。いいな?」

紫織が頷くのを見て寝室に行き、電話で専門店に問い合わせた。

対応した男性店員は守生の話を聞いて、慣れた口調で返答した。

『福引きの景品ですか。うちに問い合わせる人、結構多いんですよねー。引き取りますよ。お金は払えませんけど』

「もちろん構いません」

ピー太の受け入れ先が見つかったことに、ひとまず胸を撫で下ろす。

明日の朝に来店する旨を告げ、コードレスの受話器を親機に戻して台所に戻った。

「あっ、何してんだよ!」

紫織がビンのフタを開け、何かを中に入れている。

ビンの横に、封を切ったアサリの水煮の缶詰が置いてある。

「アサリが好物だってネットにあったから、ここに来る途中で買ってきたんだ。ピー太、おなかペコペコだったんだよ。少しくらい食べさせてあげようよ」

どうやら、アサリの身を細かくしたものを与えているようだ。ビンの底に数粒のカケラが沈んでいる。

ピー太はデカい目をキョロキョロさせてカケラに近づき、そのひとつをパクッと飲み込んだ。

「食べた! よかったあ」

紫織の顔が、大輪の花のようにほころぶ。

それを見た守生の心も、ふわりと軽くなる。

何度見ても飽くことのない笑顔。聞いているだけで癒される声。

桐子の面影を探してみたが、どこにも見当たらない。

「わあ、全部食べちゃった。もっと食べるかな?」

紫織が缶詰に手を伸ばす。

「たくさんフンをしたら、アンモニアで水が濁る。あとは専門店のスタッフに任せたほうがいいよ。明日の朝、連れてくから」

「そうだね。紫織も一緒に行く。あ、見て！　ポッコリしてるー」

紫織がビンを指差した。

ピー太のお腹が、飲み込んだカケラの形に膨らんでいる。

「なんか、さっきより笑ってるように見えない？」

彼女の言う通り、口の描く弧が大きくなったような気がする。

「満腹でご満悦なんだな。ピー太、紫織に当ててもらえてよかったなあ」

守生はビンに顔を近づけて、ピー太に話しかけた。

紫織は笑い声をたてて立ち上がった。

「安心したー。じゃあ、今日は帰るね」

来たときとは見違えるほど、明るい笑顔だった。

紫織を大通りまで送って家に戻ると、夕華が売れ残ったゴールドストーンと天然石を預けにきた。

「明日は、これでお願いね」

夕華から石の種類と個数が書かれたリストを受け取り、「わかりました」と答える。

「ねえ、ハトの女の子って、まだここに来てるの？」

鋭い目つきで問われた。

「あー、いえ、もう来ないと思います」

とりあえず、そう答えておくことにした。明日、ピー太を専門店に連れていけば、紫織がここに出入りする理由はなくなるはずだ。

「そう。誰が来てもいいんだけど、秘密はちゃんと守ってよ」

いつものように釘を刺してから、夕華が出ていった。

守生は夕華の物言いに、これまでにないほどの息苦しさを感じた。

ただちに玄関の鍵をかけて、商品の入ったカゴを金庫に仕舞う。

ほぼ同時に寝室の電話機が鳴った。

液晶画面を見ると将弘の番号だったので、受話器を取り上げて耳に当てる。

『モリオ、紫織ちゃんどうした？　大丈夫か？』

「さっき送ってった。心配かけてごめん。実は……」

守生は将弘に、紫織から熱帯魚のビンを預かったことを打ち明けた。

「――明日、専門店に持ってくから」

『そっか。なあ、しつこいかもしれないけど、昔のことは考えるなよ。親父さんの事件と今のオマエは、マジで関係ないんだからな』

「……ああ。ありがとう。将弘がいてくれて助かったよ」

『オレも。モリオがいたから助かった』

「え?」

『なんでもない。キャッチ入っちゃった。またな』

通話が切れた。怪訝に感じながらも受話器を親機に戻す。

台所に行ってビンを取ろうとしたら、ピー太と目が合ったような気がした。

思わず話しかける。

「モフの次はオマエか……」

紫織が再び抱えてきた、無垢な生き物。自分が庇護するべき、小さな命。

かつて桐子を助けられなかったからこそ、紫織のことは支えてやらなければ――。

守生は寝仕度を整えて寝室の隅にビンを置き、ベッドに横たわった。

まったりと泳ぐピー太を眺めてから、そっと目を閉じた。

——夢の中で、ピー太が天の川かと思われる星の川を泳いでいた。

少年のような笑い声を上げて、きらめく星々のあいだを自由に動き回っている。

守生の寝顔も、いつの間にか小さな笑みを浮かべていた。

## 2

目覚めたら、ピー太が死んでいた。

ビンの底でピクリとも動かず、ビンごと揺すっても反応しない。

水が少しだけ白く濁っている。

氷のごとく冷たいものが全身を駆け巡り、守生の鼓動が急激に速まっていく。

頼む！　生き返ってくれ！　頼むよ！

ビンを抱えて天を仰ぐ。だが、何をしても無駄なことはわかっている。

——紫織には見せられない。なんとかしなければ！

……とは言っても、どうすればいいのかわからず、しばし途方に暮れる。

とりあえず、動かないピー太をビンの中から取り出し、細部を観察した。

背ビレに白い斑点がある。その意味は、昨日ネットでいろいろ調べたため理解していた。

水が濁ったままでは不憫《ふびん》なので、水道水に入れ替え、ピー太を戻してフタを閉める。本来なら熱帯魚に水道水はタブーなのだが、それは生きているときの話だ。

紫織がショックを受けるだろう。それが心配でならない。

ビンを持って外出し、彼女には「ひとりで店に行った」と偽るべきだろうか？

いやいや、きっと不審に思うだろう。紫織は嘘を敏感に見抜く子だ。

いやいや、それは嘘の種類によるのではないか？

守生が逡巡《しゅんじゅん》していると、玄関扉をノックする音がした。考えているうちに、紫織と約束した時間が来てしまったのだ。

――しょうがない。これが現実だ。

腹を括《くく》った守生はビンを持った手を後ろに回し、もう片方の手で扉を開けた。

「おはよう！　ピー太は？」

休日の定番、白いリボンのポニーテール。グレーの薄いレインコートを羽織った紫織が、期待に瞳を輝かせて立っている。

手にした赤い傘から雫が落ちるのを見て、今日が雨だということを認識した。

彼女は外に濡れた傘を置き、玄関に入って扉を閉めた。

「ねえねえ、ピー太も寝てた？　魚ってどんなふうに寝るの？」

無邪気な問いかけに胸が痛んだが、心を鬼にしてビンを差し出す。

「……ごめん、朝起きて気づいた」

紫織の顔色がすうっと青くなった。

手に取ったビンの底を、無言で凝視する。

——やがてがっくりとうなだれ、「……なんで」とつぶやいた。

怒っているような、嘆いているような、諦めているような、初めて聞く低い声音。

「さっきよく見たら、背ビレに白い斑点があった。白点病だ。熱帯魚には多い病気。ここに来る前からピー太は弱ってたんだ。……寿命だったんだよ」

そう告げると、紫織が顔を上げて守生を睨みつけた。

「嘘！　昨日はあんなに元気だったじゃん。急に死んじゃうなんて、おかしいよ！　もしかして……もしかして……」

大きく目を見開き、口元を歪ませる。

「紫織が、アサリを食べさせちゃった……から？」

その可能性は、守生も考えていた。

水が濁ったのは、排泄物によるアンモニアのせいだ。業者がビンの中でエサを食べさせない理由は、アンモニアの毒素で魚が弱ってしまうから。

わかってはいたけど、翌日に専門店が引き取ってくれるという安心感から、少しだけならいいだろうと思ってしまったのだ。

もし、それが本当に死因だと言うのなら、守生も共犯者だ。

「そうじゃない。白点病だったんだよ。ヒレをよく見て……」

「いやあああああああああああああーーーーーーーーーーー」

悲鳴を上げた紫織が、ビンを抱えて玄関にしゃがみ込む。

「紫織のせいだ殺しちゃったんだ紫織があんなことしなければピー太は生きてたんだ最低だ最低だ最低だ最低だ最低だサイテーサイテーサイテーサイテーサイテーサイテーサイテー」

「紫織！」

守生は腰をかがめて、異様な早口で自分を呪詛《じゅそ》する紫織の肩を抱きしめた。

「何が本当の原因かなんてわからない。でも、僕たち見ただろ？　ピー太、笑ってたじゃないか。ハラを膨らませて、ニッコリ笑ってた。アサリを食わせてもらったからだよ。何もしないままこうなってたら、きっと『なんで食べさせてあげなかったんだろう』って、死ぬほど後悔したと思う」

紫織が肩を震わせ、慟哭《どうこく》している。

守生は細い身体に回した腕に、もっと力を込めた。

「あのさ、昨日の夜、夢を見たんだ。ピー太、人間の男の子みたいな声で笑って、天の川を自由に泳いでた。あれ、夢じゃなかったのかもな。最後にハラいっぱい好物が食えて、幸せだったんだよ」

話しているうちに、それが真実なのだと、心から思えてきた。

胸の中で涙を流す紫織の頭を、守生は静かに撫で続けた。

3

ビンの中身は、玉美川に流すことにした。

土葬よりも水葬のほうが、ピー太だってよろこぶだろう。

この堤防に挟まれた川だって、遥かな故郷の海につながっているのだから。

守生は、雨でいつもより濁った川を眺めながら、太陽が燦々《さんさん》と輝く熱帯地域の、澄み渡った珊瑚礁を想像した。

岸に立ち、川面にそっと中身を放つ。

小さな黄色が、どんどん遠ざかっていく。

後ろに立っている紫織が、涙声で「ごめんね」とつぶやいた。

「ごめんね、ごめんね、紫織がバカで。ごめんね」

鼻をすすりながら、何度も謝罪の言葉を繰り返す。

「本当にごめんね。ちょっとだけ懐いてくれて、ありがとね……」

しんしんと降り続ける雨が、足元の水たまりに小さな波紋をいくつも作っている。

ふたりは黒と赤の傘を並べて川辺に立ち尽くし、天へと旅立った魂に祈りを捧げた。

サロンにストーンを納品する時間が迫り、家に戻ろうとする守生に、「今日は一緒にいてもいい？」と紫織が訊ねてくる。

その真っ赤に腫らした目が哀しくて、わななく唇が切なくて、即座に「いいよ」と答えた。

紫織を家に連れて帰り、納品をそそくさと済ませて部屋に戻った。

その日は、一緒に音楽を聴いた。ひたすらメロディの美しい音楽を。

守生はずっと、世界中から人がいなくなり、ふたりぼっちになったような気がしていた。

# 第四章

## 「二人だけの世界」

平成二十五年(2013年)七月の出来事

## 1

七月に入っても、雨の日が続いた。

サロンの周辺で、紫や青のアジサイが咲き誇っている。

ピー太の件があって以来、紫織はまた頻繁に守生の家に来るようになっていた。

ふたりで音楽を聴いたり、守生の卵チャーハンを食べたり。

晴れの日は紫織を連れて、河原でサックスを吹くこともある。ケンがどこからともなく現れて、紫織と一緒に演奏を聴いてくれることもあった。

守生は紫織の訪問を、できる限り断らないようにしていた。

それでいいのか？　他人が見たら、怪しい関係だと思われてしまうのではないか？　しかも紫織は、かつて自分の父親が誘拐した女性の娘なんだぞ。

内なる声が聞こえる瞬間もあったが、せめて、ピー太を死なせてしまったことのショックが癒えるまでは、紫織がしたいようにさせるべきだと考えていた。

紫織の口数は、以前よりも明らかに減っていた。ボーッと何かを考えていることも多い。相当なダメージを受けてしまったようだ。そのショックがどのくらいの時間をかければ癒えるのかわからないけれど、一緒にいてやるくらいしか、今の守生にはできなかった。

今日も、紫織はセーラー服姿で夕刻にやって来て、部屋で一緒に食事をして、九時すぎに帰っていった。

大通りまで送って帰宅した守生は、ゴールドストーン作りの仕上げをするために、素材の石と道具を押し入れから取り出した。

道具をソファーに置き、右手にのせた石をじっと眺める。

誰にも誇ることができない、秘密のアルバイト。この石ころをパワーストーンと信じて買う人がいるのだと考えると、喉の奥から苦いものが込み上げてくる。

「こんな生活、いつまでするつもりなんだよ！」

頭に浮かんだ言葉を吐きながら、石をソファーに放り投げる。

——ふと、将弘の提案に返事をしていないことを思い出した。

ミュージシャンのマネージメントか……。それも悪くないよな。

その仕事に就き、スタジオやライブハウスを行き来する自分を想像してみる。

……ふむ、悪くない。今やってるサロンのバイトより遥かにいい。それに、自分が毎日外に出るようになれば、紫織だってここには入り浸れなくなる。そのほうが、彼女にとってもいいはずなんだ。将弘に見栄を張っている場合ではない。

守生は、今のバイトを辞める決意を固めた。

夕華がここに来たら、すぐに申し出てしまおう。思い立ったが吉日だ。

そして承諾を得られたら、将弘に「仕事、やってもいいよ」と連絡するのだ。いや、そんな上から目線な言い方じゃダメだ。「もっと詳しい話が聞きたい」。うん、これだな。

しかし、夜十時を回っても、下からは誰も来なかった。いつもなら夕華が売れ残ったゴールドストーンと天然石を預けに来るはずなのだが……。

十一時半をすぎた頃、ようやく石の入ったカゴを手にした夕華が現れた。

「遅くなってごめんね。貧血で休んでたお客様がいらしたから、閉めるのが遅くなっちゃった」

いつもと同様に、アロマの香りと華やかな笑みを振りまく。

守生はカゴを受け取りながら、先ほどの決意を表明した。

「夕華さん、僕、このバイト辞めたいんですけど」

「え？」

笑顔が一瞬だけ硬化して、またすぐに戻る。

「やだ、モリオくん。急に何を言い出すのよ。いま辞められちゃったら困る……」

「辞めたいんです。ストーン作りも在庫管理も」

はっきり言い切ると、夕華は真顔になった。

「なんで？　何かあったの？」

将弘の仕事のことを話そうか迷ったが、それはまだ確定ではないし、いつから雇ってもらえるのかもわからない。

思い切って、辞めたかった本当の理由を口にすることにした。

「ストーンを作ることが、辛くなってきちゃって。自分のアートとして売ってるなら、そうは感じないと思うんですけど……。申し訳ないんですけど、なるべく早く辞めさせてください」

「早くって、どのくらい？」

「……来月いっぱいくらいですかね。カネは稼がなきゃいけないから」

またしても本音が出てしまった。

紫織が来るようになってから、出費が重なっている。このバイトは割りがいい。蓄えは少しでもしておきたい。まだ紫織のことも心配だし、やっぱり、もう少しだけ今の生活を続けたほうがいいよな……。

思い巡らす守生をじっと見ていた夕華が、静かに息をはいた。

「……そう、仕方がないわね。モリオくんち、人の出入りが増えてきちゃったし、そろそろ潮時かもね。それに、本当は男の人じゃなくて、女性にお願いしたいと思ってたの。サロンに男がいると波動が乱れるから」

そっちも本音が出たな、と思った。

夕華には、男尊女卑ならぬ女尊男卑の傾向があった。男子禁制で女性スタッフだけのサロン内部には、バイトの守生でさえほとんど入ったことがない。

「じゃあ、なんで僕に声をかけてくれたんですか？　サロンの二階に住んでて、人の出入りがなさそうだったから？」

反発心ではなく、素朴な疑問だった。

「もちろん、それだけじゃないわよ。モリオくんは真面目で寡黙な人だって、『歌ラブユー』の頃から知ってたし、それに……」

　夕華が赤い舌でチラリと上唇を舐める。

「あなたには向上心を感じない。マイナスの波動も感じない。だから、いいかなって思ったの。あ、誤解しないでね。でも、これは私の褒め言葉。だって、向上心は〝欲〟でしょ。もっと認められたいとか、もっとおカネが欲しいとか。私、欲深い男は信用できないの」

「はあ……」

　褒められているとはまったく思えない。

「でも、辞めたくなった人を引き止める気はない。説得する時間がもったいないもの。私ね、早くサロンを大きくして、店舗を増やしたいの。さっさと次の人を探すわ。ストーンを作ってくれそうな女性がいたら、紹介してもらえると助かるんだけど」

「向上心の低い女性?」

「女は別よ。女ならどんなタイプでも大歓迎。セラピスト志望者も募集中」

　軽く嫌味を込めた守生の言葉をスルーして、夕華はとうとうと語り続ける。

「今の世は男社会でしょ。女は男よりも生きてくのが大変なのよ。上司とか旦那とか、男のご機嫌伺いを強いられるから。でも、それってナンセンスよね。私、女の人たちを楽にしてあげたいの。もっと自由でいいのよってね。思い込みというコリをほぐして、先入観という汚れを落としてあげたい。だから、スタッフも女だけにして、どんな女性も受け入れる場所にしたいの。たとえるなら、江戸時代の駆け込み寺のような感じかしらね」

初めて聞く夕華の経営理念だった。

カリスマセラピストと呼ばれる理由が、少し理解できたような気がした。

と同時に、この人も男社会の中で苦労したんだろうな、と思わずにはいられない。

「じゃあね。来月いっぱいまでは、いつも通りにやってね」

アロマの香りを残して、夕華が出ていった。

しばらく、その場から動けなかった。

いつもながらパワフルな人だ。なんだか精気を吸い取られたような気がする……。

急に身体が重くなったように感じた。疲れやストレスが溜まっているのだろう。

ずっと持ちっぱなしだったストーンのカゴを、のろのろと台所の小型金庫に運ぶ。金庫の扉を開けると、背後で玄関扉が開く音がした。

「夕華さん?」

戻ってきたのかと思って振り向いたら、コンビニのビニール袋と茶色い紙袋を持った葵が立っていた。今夜は全身黒ずくめだ。

「夕華さんって、いま下ですれ違った若作りの女？　あたしにワザとらしい作り笑いしてたけど」

ぶすっとした表情で中に入ってくる。香水とアルコール臭が、やけにキツく感じる。相変わらず、ジャラジャラとアクセサリーがこすれ合う音がする。

「ああ、下のサロンのオーナー。前も言ったと思うけど、雇い主。商品管理の」

「ふぅーん」

疑わしそうな声と視線。守生は（めんどくさいな）と心の中でつぶやきながら、カゴを金庫に仕舞う。

背後から葵の声がした。

「どっかで見たことがあると思ったら、あの人、雑誌に出てた人だ。カリスマセラピストとかって紹介されてて、店オリジナルのストーンがどうとか書いてあった。あれ、モリオが金庫で管理してる石だよね」

守生は黙りこくっていた。

葵が返事など期待していないと知っていたので。

「あー、疲れたあ。今日も最悪だった。あ、ビール多めに買ってきた。あとこれ、田舎のお土産《みやげ》」

台所のテーブルに紙袋を置き、当たり前のように冷蔵庫を開けて中に缶ビールを入れている。

いつも勝手にやってきて、ホテル代わりにここを使う女。

いい加減にしてほしい。もう我慢できない。

「あのさ、来る前に電話してくれって、何度も言ってるよな」

葵が驚いたように守生を見る。

「なによ、これまでは電話なんかしなくても平気だったじゃない」

「何回言っても葵がシカトしてたんじゃないか。こっちにだって都合があるんだよ」

「急に来られたら都合の悪いことでも、やり始めたの？」

「やってねーよ！」

自分の声が大きくなってきた自覚はあったが、抑えられない。

「とにかく、勝手に来ないでくれよ」

「モリオ、最近ヘンだよ。さっきのオーナーのせい？　もうあの人とヤッたの？」

「ゲスいこと言うなよ！　だから葵は……」

とても酷いことを言いそうになり、口をつぐむ。

「だから？　だからなに？　だから男の食いもんにされるんだ、とでも言いたいわけ？」

「そんなこと思ってないよ！」

「あー、わかった」

意地の悪い笑みを浮かべて、葵が言った。

「あの中学生のせいだ。モリオってロリコンだったんだね。言っとくけど、未成年とヤルのは犯罪だよ」

――ガッターン！

大きな音が響き、台所の椅子が倒れた。守生が蹴ったのだ。

「何すんのよっ！」

葵が声を張りあげる。

「……いい加減にしろよ」

椅子を蹴るなんて、どう考えても柄ではない。でも、自分でもどうしようもないくらい、目の前の葵がウザい。

「無理。限界。帰ってくれないか」

「……それって、二度と来るなってこと？」

「ああ、そうだ」

守生が冷ややかに即答すると、葵は目尻を大きく吊り上げた。

「許さない！　この底辺クソ男！」

金切り声を出し、倒れた椅子を蹴り返す。

「おい！」

「先に蹴ったのはあんたでしょ！　絶対許さないから！」

耳障りな大声で喚き、玄関から飛び出していく。

「扉くらい、ちゃんと閉めてけよ」

守生は不快感を声に出してから、開けっぱなしの玄関扉を閉めた。

鍵をかけようとして、床に落ちている銀色の物体が目にとまった。

葵が耳につけていたリング状のピアス。彼女のお気に入りだったものだ。

拾い上げて台所のテーブルに置く。隣にあった土産袋の中身が見えた。

――それは、守生が好きな熊本ラーメンの詰め合わせだった。

急激に自己嫌悪が押し寄せてくる。
悪い女ではないのだ。むしろ、気のいい女だったのだ。
アポなしで押しかけてくることだって、文句を垂れつつ容認していた自分にも非がある
のではないか……。

寝室に行って電話機に手を伸ばす。

葵に電話をかけようとして腕が固まった。

もう来てほしくないと本気で思ってしまった相手に、何を言えばいいのだろう?

守生は受話器を握ったまま、なすすべもなくその場に立ち続けた。

## 2

長らく続いていた雨空が、嘘のように晴れた日曜日の夕方。

梅雨明けのそよ風が香る玉美川の河川敷で、守生はアルトサックスを吹き鳴らしていた。

『酒とバラの日々』。

往年のハリウッドスター、ジャック・レモンとリー・レミックが、アルコール依存症の夫婦を演じた同名映画のテーマ曲。ジャズのスタンダードとしても知られる名曲だ。

守生は下品にならない程度のグロウを入れて、メロディを奏で上げていく。

目の前の草むらには、あぐらをかいたケンがいた。サックスの音に合わせてエア・ギターをつま弾く姿が、やけに様になっている。

午前中にサウナで汗を流してきたというケンは、小ざっぱりしたシャツとジーンズを身に着けていた。長髪の髭面も痩せぎすの身体も、エア・ギターとマッチしている。プロのミュージシャンだと言われたら信じてしまいそうだ。

ちなみに、紫織は今日、塾の特別授業に参加しているらしい。

それを聞いたときは、(日曜に塾なんて大変だな)とありきたりな感想を抱いたが、よくよく考えたら、貧乏サックス奏者やリバーサイドの住民とつるんでいるよりは、よっぽど健全な休日の過ごし方だ。

「何度聴いてもいいねえ」

演奏を終えるとケンが膝元のカップ酒を取り上げ、わずかに震える指で蓋を開けた。守生もサックスを抱えて腰を下ろす。

『酒とバラの日々』は、ケンのリクエストだった。なんというベストセレクト。これ以上、彼にピッタリな曲はないだろう。

「映画のジャック・レモンは、アル中から抜け出すんだよな。でも、切ないビターエンドなんだよ。そこがいいんだよなあ……」

しみじみと言ったケンが、カップ酒をひと口飲んだ。守生は「そうっすね」と軽く相槌を打ち、サックスのキーをいじりながらつぶやいた。

「そろそろ修理かな……」

少し前から危ぶんではいた。そこを押すと音がこもってしまうキーがあるのだ。このマーク7とはもう長い付き合いだ。人間にたとえるなら、かなりの高齢になるだろう。マメに修理をして、一日でも長く一緒にいたい。

「楽器も女も、ちゃんとケアしておかねえと突然おかしくなるからな」

ケンの言葉で葵の顔が浮かんでしまった。

気まずい別れ方をした夜から、連絡はない。ピアスも預かったままだ。勝手に処分するわけにもいかないし、どうしたらいいのやら……。

夕日を映す川面を見つめながら、守生はため息をついた。

「どうした、なんか悩みでもあんのか?」

目尻にやさしげなシワを作ったケンが、さり気なく問いかけてくる。

守生は自分でも意外なくらい、正直な気持ちを打ち明けたくなっていた。

「いや、ここ最近、自分の周りがとっちらかってきちゃって……」

「女がらみか。モリオ、何気にモテそうだもんな。青春だねえ」

ケンは横目でニヤついている。

「そんなイイもんじゃないですよ。これまでは僕、何があっても流れに任せるようにしてたんです。でも、任せっきりなのもよくないのかな、なんて、今さらながら思ったりしてて……」

　そう、ふらふらと流されていた結果、根は善良な葵を傷つけてしまったのだ。

　紫織とのことだって、この先どうしたらいいのか皆目見当がつかない。

　あれほどノイズを避けていたはずなのに、気づいたら雑音だらけだ。

「まあ、流されてたほうが楽チンだもんな。でもよ、ときにはしっかり踏ん張らねえと、とんでもねえとこに流されたりすんだよな」

　ふいにケンが顔を背けて、カップ酒を強く握りしめた。

「……いるんだよ、俺の知り合いで流されちまったヤツがさ」

　いつになく真剣な口調だった。

　守生は思わず姿勢を正し、ケンの声に集中する。

「そいつは若い頃、売れないミュージシャンだった。しっかり者の女房に食わせてもらってたんだけど、子どもが生まれて音楽を諦めた。クソつまんねえサラリーマン生活を選んだわけだ。しばらくはなんとか踏ん張ってたよ。でもな、子どもが病気で死んじまったもんだから、踏ん張れなくなったんだな。仕事と女房から逃げ出して、酒に逃げ込んで。流れに流れたあげく、今は宿無し。その日暮らしの日雇い労働者だ。それでも、初めの頃は自由になれたような気がしてたんだってよ。でもよ……」

暮れゆく空を見つめたまま、ケンは表情を引き締めた。

「逃げた先に本当の自由なんて、なかったんだ」


そこで言葉が途切れた。

対岸の緑が、川上から吹く風で横になびいている。

ケンはカップ酒を一気に飲みほし、欠けた前歯を覗かせた。

「ま、知り合いの話なんてどうでもいいわな。モリオもエラいとこに流されちまわないように、気をつけろよ」

「……そうですね。ありがとうございます」

真摯《しんし》に話をしてくれたことが、ただありがたかった。

「礼とかいらねーから。なあ、もう一回やってくれよ、『酒とバラの日々』」

アンコールに応えて、ケンのエア・ギターともう一度セッションを始めた。ケンは目を閉じて、見えないギターをかき鳴らしている。

本物のギターだったら、スゲエいい音を鳴らしてくれるんだろうな。

そう思わせるほど、彼の指の動きはなめらかだった。

セッションを終えたケンが、遠くを見ながらつぶやいた。

「俺も酒飲むの、やめてみよっかな……」

「それもありだと思います」

守生は、ケンに最高のハッピーエンドが訪れることを願ったのだった。


「モリオ！　ケンさん！」

遠くから紫織の声が聞こえた。

守生はサックスを分解する手を止め、声のしたほうに目をやった。

紫織がポニーテールを揺らしながら草むらを走ってくる。

塾帰りだからだろう、重そうなスクールバッグを肩から下げている。

「みーつけた！」

息を切らせながら、あどけない笑顔を見せる。

「よお。しっかり勉強してきたか？」

ケンが目を細めながら訊ねた。

「ちょっとウトウトしちゃった」

屈託なく答えて守生とケンのあいだに座る。デニムのミニスカートでも気にすることなく。

目のやり場に困ってしまい、サックスの片付けに集中しているふりをした。

「モリオんちに行ったけどいなかったから、探しにきちゃったよ」

ピー太の一件以来、ふさぎ込んでいた紫織も、元気を取り戻しつつあった。

「僕らがここにいるって、よくわかったな」

「サックスの音がしたから。紫織、耳がチョーいいの。……ライブ、終わっちゃったんだ」

残念そうな顔をするので、守生は「じゃあ、もう少しやるか」と明るく言って、ケースに入れようとしていたストラップを首に戻した。

「あ、いいの。紫織も今日は、早く帰んなきゃいけない……から」

声がどんどん細くなり、表情が曇っていく。

「なんだどした、帰るのが嫌なのか」

ケンの問いかけに、紫織はコクッと頷いた。

「塾でやったテストの点がね、最悪だったの。親に怒られる」

親、という言葉にピクリと反応してしまった守生だが、紫織が言っている親は桐子ではなく、自分の知らない父親と継母なのだと思い直し、平常心を保った。

「紫織、帰るところがあるってのはな、幸せなことなんだぞ。どうだ、俺が言うと説得力があるだろ」

ケンが豪快に笑う。紫織も穏やかに微笑んだ。

「ねえ、ケンさんって、いつもどこで寝てるの？」

率直な質問を受け、ケンが川の上流に見えるビニールハウス群を指差す。

「あそこに青い小屋が並んでるだろ？　あの奥に、ひとつだけ黄色いのがある。それが俺の寝床。サウナとかネットカフェで寝ることもあるけどな」

「へええ。今度、遊びに行ってもいい？」

「紫織、ケンさんを困らせるなよ」

あまりにも大胆な紫織の言葉に、つい大きな声が出てしまった。

「いいよ。でも、ひとりじゃだめだ。来るならモリオと一緒においで」

「はーい」

大人の対応をしてくれたケンに、守生は「なんか、すみません」と謝った。

「なんでモリオが謝るんだよ」

ケンは、いつものようにニヤニヤしている。

「あっ、モフ！」

ふいに紫織が立ち上がり、青空を仰いだ。

数羽のハトが上空を横切っていく。一羽だけ、白いハトが混じっていた。

「モフーーーー！」

紫織が両手を大きく振る。

本当にそうなのかどうか、確かめようがない。

でも、あれはきっと、モフなのだ。傷がすっかり癒えて、仲間たちと自由に飛んでいるのだと、守生も素直に思えた。

そのまましばらく三人で、小さくなっていくハトの群れを眺めていた。

## 3

「――マネージメントの話、詳しく聞きたいんだけど」

守生が電話で告げると、将弘は『おお、その気になってくれたのか。オレ、今週は無理なんだけど、来週の土曜だったらゆっくり話せるよ』と朗らかに言った。

「じゃあ、家で待ってるから」と答え、コードレスの受話器を親機に戻す。

夕華にサロンのバイトを辞めたいと告げてから、だいぶ日が経っていた。

すぐに将弘と話さなかったのは、こちらから仕事の件を切り出すことが、厚かましいのではないかと躊躇していたからだ。

守生は、自分から誰かに連絡をすることがほとんどない。今だって、将弘から「その後どうよ?」と電話がかかってきたので、やっと話すことができたのだ。

重大任務を完了したかのような気分で、寝室の窓を開けた。

汗ばむほどの夏日。熱気をたっぷり含んだ空気が、部屋に流れ込んでくる。守生はベランダに干してあった石を取り込み、窓を閉めてクーラーの温度を下げた。

作業用のトランス系音楽を流し、居間のテーブルでペイント作業に取りかかる。

誰かが玄関扉を叩く音がしたので、石と作業道具を押し入れに隠した。

居間と台所を仕切る戸を閉めて扉を開けると、白衣姿の夕華が真顔で立っていた。

右手にぶ厚い茶封筒を持っている。

「上がらせてもらっていい?」

いつもと様子が違う。表情も声も刺々《とげとげ》しい。守生は動悸が速まるのを感じた。

何かアクシデントでもあったのだろうか?

「どうぞ。台所でもいいですか?」

「どこでもいいわ」

夕華は台所に上がり込み、茶封筒を抱えてキャンプ用の椅子に腰かけた。

守生も対面の席に着く。

長い足を素早く組んだ夕華が、守生の目をひたと見据えた。

「ゴールドストーンがいんちきだって、SNSで騒いだ人がいたの。特別な石だなんて大嘘、河原の石に絵の具を塗っただけだって。で、いわゆる炎上よ」

「ええっ?」

一瞬、頭の中が真空状態になった。

「本当……ですか?」

「こんな冗談言うわけないでしょ。お蔭で朝から問い合わせやクレームの電話が鳴りっぱなし。最悪よ。モリオくん、誰かにストーンのこと話したの? 作ってるところを見られたとか?」

守生は大きくかぶりを振った。

「それはないです。絶対にない」

紫織や葵が家に入るときは、石と作業道具を必ず隠していた。もちろん、話したことだってないし、見られたことだって……いや、待てよ……。

「それって、いつのことですか?」

「昨日の夜、マロウってユーザー名の人が火種を投下したみたい。悪徳詐欺だとか霊感商法だとか。モリオくんの個人名は出てなかったけど、『セラピストでもなんでもない素人男がストーンを作ってる』って書いてあった。見る？」

白衣のポケットからスマートフォンを取り出そうとした夕華に、「いいです」と断る。想像しただけで恐ろしい。

「モリオくん、マロウって人に心当たりないの？」

「……ないです」

――本当はある。

「葵って、英語でマロウって言うんだって」

出会った頃、葵が教えてくれた。

彼女はベランダに干してある石を見たことがある。下のサロンでゴールドストーンを販売していることも、それを台所の金庫で守生が保管していることも知っている。きっと、あの石が漬物用の重石なんかじゃなく、ストーンを作るために集めた石だと気づいていたのだ。

そして、守生に傷つけられた腹いせに、ＳＮＳで騒ぎ立てた……。

おそらくこれは、自分に対する葵の復讐だ。

「心当たりがあったって、正直に言えるわけがないわよね。うちのサロンに、間接的に損害を与えたわけだから」

夕華がゾクッとするような冷たい視線を向けてきた。

守生は目を逸らしてうつむいた。額に汗がにじんでいる。

「起きちゃったことは仕方がないわ。クレームにはきちんと対処する。ストーンを返品したい人がいるなら、すぐに応じるつもり。でも、あなたが作ってたなんて、絶対に言わないで。実際、そのまま商品にしていたわけじゃない。ひとつひとつを手に取って、私の波動を込めてからお渡ししてたの。あの石を作ってたのは、この私。いいわね」

「……わかりました」

消え入りそうな声しか出せなかった。

「でも、ストーンの販売は中止する。天然石の在庫管理もこちらでやる。モリオくんとは今日でさよならよ。早く辞められることになって、よかったわね」

うつむいたまま動けずにいる守生に、夕華が声を和らげて言った。

「もちろん、あなただけのせいじゃないことはわかってる。私がリスクヘッジを怠ってたってことだから、勉強になったわ。大丈夫、これでサロンの評判が下がってしまったとしても、すぐに回復してみせる。私のキャリアとお客様との信頼関係は、こんなものじゃ傷つかないから」

恐る恐る見上げると、彼女は勝ち誇ったように艶然と微笑んでいた。

……すごい。この自信、このパワー。すごすぎて何も言えない。

ひたすら黙り込んでいる守生の前で、「でね、今後のことなんだけど」と夕華が口調を改めた。

「まず、ストーンの道具と在庫商品は全部預かるから、今すぐまとめて。素材の石も全部ね。ここの金庫は明日にでも業者さんに運んでもらうから、そのままにしておいて。それと、これは言いにくいんだけど……」

夕華は抱えていた茶封筒をテーブルに置き、さほど言いにくそうでもなくスラッと言った。

「この家から出てってほしいの。実は、二階も改装してサロンを拡張したいって、前から思ってたのよ。いきなり勝手なこと言って申し訳ないと思ってるし、こんな急なお願いは貸主側の違反行為だってわかってる。でも、考えてもらえないかな。引っ越すのは今すぐじゃなくてもいいから。で、これは立ち退き料も兼ねたお詫び」

いつもと同様の柔和な笑みを見せて、茶封筒を守生のほうに押し出す。

「百万円入ってるわ。もちろん、今月のバイト代は別に払う。受け取ってもらえないかな？」

サロンの拡張？　SNSで騒がれて損害を被るかもしれないこの局面で？

それはないな。出ていってほしい本当の理由は、きっとこうだ。

波動を悪くした男を、サロンの上に住まわせておきたくないの。遠くに追っ払いたいのよ。――そうだろう？

なんて心の声はおくびにも出さずに、「わかりました」と守生は答えた。

無駄な抵抗をするつもりはない。SNS炎上の責任も感じている。

それに、心機一転するにはちょうどいい機会だとも思えたので、素直に従ったのだ。

「ありがとう。この百万円は私のポケットマネーなの。受け取ったことは内緒にしてね。変に勘ぐられて炎上ネタになるのは困るから。あ、もしもだけど、マロウって人に心当たりがあるなら、誤解を解いてもらえると助かるな。あのストーンは自分が作ってたんじゃないって」

夕華が守生をじっと見る。

守生も今度は目を逸らさなかった。

やがて彼女は、「じゃあ、石と道具はまとめておいてね。あとで取りに来るから」と告げて玄関から出ていった。

守生は扉に鍵をかけて風呂場に直行し、シャワーで汗を流した。

新しい衣服に着替え、作りかけのゴールドストーンと素材の石、絵の具や筆などの道具一式、金庫に入れてあった在庫商品をダンボール箱に詰めていく。

まとめ作業はすぐに終わった。

冷蔵庫から作り置きのアイスコーヒーを出して飲み、ひと息ついてから、寝室の電話機に向かった。

受話器を取って葵の番号にかける。昼間は家にいることが多いはずだ。

守生が自分から彼女に電話をするのは、これが初めてだった。

『……はい』

コール音を五回数えたとき、葵の声がした。通常よりも細く沈んだ声。

「守生です。このあいだはごめん。熊本のお土産、ありがとな。葵さ、うちでピアス落としただろ。今夜あたり、取りに来てもらえないかな？　ちゃんと謝りたいし」

テンションは高くも低くもなく、トーンも平坦になるように努めた。しばらく間があったあと、葵は『わかった。店終わりで行く』と答えて通話を切った。

ほどなくして、夕華がまとめておいたダンボール箱を引き取りに現れた。

「モリオくん、お疲れさま」

「お世話になりました。いろいろとすみませんでした」

「こちらこそ。今までありがとう」

夕華は何もなかったかのように、優雅に笑んで立ち去った。

玄関扉を閉めたあと、守生はテーブルに置いたままだった茶封筒を、流し台の引き出しに入れた。

封筒の中の札束は、あえて見ないでおいた。

## 4

その夜。葵が険しい表情でやって来た。

化粧は濃く、ワンピースは迷彩柄。まさに完全武装だ。

守生は台所のテーブルセットで、彼女と対峙《たいじ》することにした。

テーブルを挟んで向かい合う。葵は目を伏せて黙りこくっている。

まずは、落としていったピアスを渡した。

それから、身を固くしたままの葵に、全神経を注いで話しかける。

「ごめんな。今まで、ちゃんと葵と向き合ってなかった気がする。ホント、なんに対してもいい加減で無関心で、我ながら嫌になってきた。葵にも嫌な思い、させちゃってたんだろうな」

目の前の葵は、ピクリとも動かない。

「ゴールドストーンがいんちきだってSNSに書いたのも、僕のせいなんだろ？　マロウってユーザー名、葵の英語名だもんな。そんなことさせちゃって、本当にごめん」

守生が頭を下げると、葵は深緑のネイルをした指で髪をかき上げる。

「謝ればあたしが大人しくなるとでも思ってんの？」

今まで聞いたことのない、凍りそうなほど冷たい声だった。

思わず怯んだ守生だが、ここで萎縮するわけにはいかない。

姿勢を正し、呼吸を整える。

「そんなんじゃないよ。好きにすればいい。でも、びっくりしたよ。僕がストーンを作ってるって、なんで思ったの？　ベランダで石を見たから？」

素朴な質問をしてみたら、葵が嘲笑を浮かべた。

「それだけじゃないよ。テーブルに絵の具がついてたり、ニスの臭いがしたこともあった。前からバレバレ。モリオに完全犯罪は無理なんだよ。脇が甘すぎるから」

「……確かに、僕ってユルいもんなあ」

自然に笑ってしまった。

「でも、僕は手伝ってただけで、仕上げをしてたのはオーナーなんだよ。あの人は、女性たちを本気で癒したいって考えてるみたいなんだ。だから、あんまり攻撃しないでもらえたらなって思う。僕のことは、どんなに撃っても構わないし、そうされても仕方がないくらいダメ男だって、自覚してるからさ」

「バッカじゃないの」

陰険な目をした葵が、粘り気を含んだ低い声を出した。

「あんたを撃ったって、面白くもなんともない。そもそもが底辺なんだから、それ以上は堕ちようがないでしょ」

ヘビに睨まれたカエルのごとく、守生の身体が硬直した。

顔を歪めた葵が、禍々《まがまが》しい口調で続ける。

「どうせ撃つなら、うんと高みにいる奴を狙う。あの高慢ちきに笑ったオーナーとか、お嬢様風の能天気な中学生とかね。いんちきパワーストーンのこと、もっと炎上させるからね。あんたと中学生のことも、未成年者淫行だって騒いでやる。みんな、どん底に堕ちればいい。ご愁傷様」

——強烈な、呪いの言葉だった。

おそらく、昨日今日で芽生えた呪いではない。ライバルへの嫉妬とか、守生への執着とか、そういった類《たぐい》のものではないのだろう。

長い時間をかけて、本人も気づかないうちに蓄積されてしまった負の澱《おり》だ。コップの水に垂らし続けた墨汁のように、ジワジワと音もなく侵食していった黒。

それほど葵を追い込んでしまった何かに、守生は戦慄すら覚えた。

「……似合わないよ」

「はあ？」

「そんな怖いセリフ、葵には似合わない」

葵の眉がピクリと動く。

「……あんたに、あんたなんかに、あたしの何がわかるのよっ！」

悲痛な叫び。守生が見ない振りをしていた、本当の葵。

「全部はわからない。でも、わかることもあるよ。傷ついたハトを見て、すごくやさしい顔をしたことくらいは、僕にだってわかる。あと、僕なんかのために、わざわざ土産を買ってきてくれたことも。あの中華惣菜も熊本ラーメンも、うまかったよ。ありがとな」

暗く睨み続ける葵に、守生は感謝の想いを込めて言った。

「葵のそういうとこ、すっげー好き」

「え……？」

葵が驚いたような顔をした。

「葵が言いたかったことも、わかる気がする。上にいるヤツを撃って撃って、誰もが底に堕ちたなら、自分の位置を嘆かなくて済む。そう思ったんだろ。でも、そんな哀しいこと、もう言うなよ……」

言ってる自分自身も、哀しくなってきた。

なぜならば、勝手に来る葵を拒まなかった理由も、似たようなものだと気づいたからだ。社会の底辺にいる者同士の連帯感。意図せずとも勝手に選別してしまう、〝上・中・下〟のカテゴライズ……。

どうにもならない自己肯定感の低さが、無性に虚しかった。

無言でうつむいていた葵が息を吸い込み、「ねえ、なんで？」と震え声を発した。

「なんで大事にされる女と、されない女がいるの？」

ずっと胸に秘めていたであろう、切実な問いかけ。

守生には何も答えられなかった。

「あたしだって、誰かのたったひとりになりたいよ。お前がいなきゃダメだとか言って、抱きしめてもらいたいよ。でも、いつだってヤリ逃げされて終わり。貢《みつ》いですがって捨てられて。店じゃ男に触られて、心を殺して愛想笑い。借金だっていくら返しても終わんないし、ムシャクシャして無駄なもん買っちゃうしさ。こんな生活、もううんざりなんだよ！」

葵の頬が濡れている。守生はポケットから出したハンカチを、片側の頬に当てた。

彼女がそれを自分の手で押さえる。

「あのさ、クサくてベタで本当は嫌なんだけど、これだけ言わせて。誰かに大事にされたいなら、葵が自分を大事にしなきゃ駄目だ。心だって身体だって、ちゃんと自分で労わってやんないと」

ハンカチで目元を隠したまま、葵が口を開く。

「ほっとけっつーの。身体なんて、触られたって減るもんじゃないし」

「減るんだよ。見えないもんが減っちゃうんだよ。うまく言えないけど、なんかキラキラしたもんがさ。その仕事に誇りがある場合は別だよ。むしろ増えるんじゃないかな。でも、そうじゃないのに心を殺してやってると、確実に減る、と僕は思う」

「底辺クズ男のあんたに言われたくない」

少しずつ明るさを取り戻してきた声で、葵が言った。

「そりゃそうだな。僕だってとっくの昔になくしちゃったよ」

守生は低く笑った。そしてふいに、これまで自分は、葵に身の上話などしたことがなかったな、と思った。それはおそらく、彼女を対等に見ていなかったからだろう。

——まさにクズ男だ。

「実はさ、僕の父親は犯罪者だったんだ」

あえて、朗らかな口調で告白してみた。

「……え？」

「僕が中一のときに、身代金目的の誘拐事件を起こして死んだ。それ以来、ずっとキラキラとは縁のない生活をしてきたんだ。犯罪者の息子としてね」

葵が両手で口を押さえている。よほど意外な話だったようだ。

「一生このまま、日陰を這《は》う人生でいいと思ってた。だけど……」

脳裏に、白いハトを抱いた紫織の、無垢な笑顔が浮かび上がった。

「やり直せるんじゃないかって、最近思えるようになってきたんだ。その気にさえなれば、キラキラしたもんだって取り戻せる。僕も、葵も。そしたら、誰かのたったひとりにだって、きっとなれる」

しばらく無言だった葵が、プイと横を向いて唇を尖らせる。

「そんなきれいごと、聞きたくないから。青春ドラマの熱血先生かよ。ダッサー」

子どもが拗《す》ねているような、甘えの混ざった言い方だった。

「なあ、葵」

声をかけると、「なによ?」と守生を見る。

「いくらだっけ?」

「はあ? あたしの身体?」

「違うよ、借金。あといくらあれば完済できんの?」

「……三百万くらい」

守生は立ち上がって流し台に行き、引き出しから茶封筒を取り出した。

そのまま葵の元に戻り、彼女の手に封筒を握らせる。

「百万ある、と思う。これを借金返済の足しにして」

葵は大きく開いた目で封筒の中を覗き、声を張りあげた。

「何よこれっ？　なんでこんな大金、あんたが持ってんのよっ？」

「こう見えても、意外と貯金してたりするんだよね」

面倒な説明は割愛して、とりあえず、そう言っておくことにする。

「……要するに、手切れ金ってこと？」

眉をひそめる葵に、守生はやんわりと笑ってみせた。

「いや、葵と手を切るつもりなんてないよ。僕たちはこれからもずっと仲間だ。このカネは貸しておく。利子も担保も期限もなし。でも、いつか返してもらう。カネで返してくれなくてもいいよ。その代わり、葵がキラキラを取り戻してくところを見せてほしい。そしたら、僕も変われる気がするんだ」

言いたいことをすべて言い終えた守生は、「なあ、今夜の僕って、やっぱクサすぎる？」と訊いてみた。

葵がふっと笑って、「クサすぎて引く」と答える。

「だよな。柄じゃないもんなあ。あ、僕がカネ持ってたこと、誰にも言わないでくれる？　それも柄じゃないから」

夕華から百万円のことは言うなと釘を刺されていたので、念のために頼んでおいた。

「あんたのことなんて、言ったって誰もわかんないし」

葵は、何かが抜けたかのように、さっぱりとした顔をしていた。

――タクシーを呼んで、と頼まれたので、そうした。

乗車する直前、葵は静かに言った。

「あたし、借りは絶対に返すタイプなんだ。あの中学生のこともオーナーのことも、もう忘れた。SNSで騒いだりしないから」

「ありがとう。特に紫織のことは……」

「紫織って誰？　あたし、モリオんちで誰にも会ったことないよ。じゃあね」

「葵……」

守生が感謝の言葉を口にする前に、彼女はタクシーに乗って去っていった。

こんなことで、葵の力になれたのだろうか？

結局、カネで解決しようとしただけなのではないか？

〝偽善〟という言葉が心の底でうごめき、〝真心〟という言葉を押しつぶそうとする。

それでもいいじゃないか。幸せになってほしいと、本気で思ったのだ。

そのために、今の自分にできることをやったのだ。悔いなんてない。

守生は遠ざかっていくタクシーに、小さく手を振り続けた。

## 5

まどろみから目覚めると同時に、雨音が耳を軽やかに刺激した。

薄暗い寝室。枕元の目覚まし時計をチェックする。時刻は午後二時すぎ。こんな時間まで寝ていたことに驚いた。

間違いなく、雨のせいだ。

決して邪魔にならず、むしろ体内に染み入るような雨音のリズム。その中に漂う物憂げな静けさ。大地の息吹を感じさせる清新な香りが、部屋の中にも漂っている気がする。温度や湿度も関係しているのだろうけど、とにかく、守生は雨が降るとよく寝る、のである。

もちろん、毎朝のお勤めだったストーンの納品から解放され、目覚まし時計をセットする必要がなくなったことも、深い眠りの要因だろう。

守生はベッドの中で四肢を伸ばし、「ほああ〜」と声を出した。

起きなければいけない理由が皆無で、ごく自然に目覚めたときほど、幸せを感じる瞬間はない。

Tシャツとトランクスのまま台所に行き、冷蔵庫からアイスコーヒーを出して飲む。冷蔵庫の横のぽっかりと空いた空間を眺め、笑みを漏らす。

そこにあった小型金庫は、昨日、運搬業者が運んでいった。あとは、毎月手渡しの給料袋をもらえさえすれば、下のサロンとは完全におさらばだ。

短くも濃厚で、しょっぱいバイト経験だった。記憶データが強烈すぎて、頭の中のゴミ箱に投げ入れても、消去できそうにない。

ジーンズをはいてトーストで食事を済ませ、パソコンでBGMを選ぶ。どんなときも心を癒してくれる、ホルスト『吹奏楽のための第一組曲』だ。

ネガティブなことは一切考えないようにして、音を楽しむ。

〝家探し〟という任務を遂行しなければならないのだが、それはもう少ししてからやるつもりだ。バイトで稼いだカネはまだある。将弘と仕事の話をする約束も交わしている。約束といえば、今日の夕方に紫織と会う約束もしてあった。

その日、心の中には一点の曇りもなかった。

紫織が目の前に現れるまでは。

数分後、びしょ濡れの紫織が玄関に立っていた。

顔は青ざめ、呼吸は荒く、目が血走っている。下ろした長い髪からは水滴がしたたり、クリーム色のブラウスから下着の線が透けてしまっている。

ジーンズから垂れた雨水で、狭い玄関は早くも水びたしだ。

「どうしたんだっ？」

「……傘、忘れて来ちゃった」

声にも悲愴感が漂っている。

守生は急いで洗面所からバスタオルを取ってきて渡し、寝室のタンスを開けて着替えになりそうな服を探した。その結果、タンスの肥やしになっていた薄地のトレーナーとコットンパンツを貸すことにした。

下着は……女性用は持ち合わせていないのだから仕方がない。

着替えを持って玄関に行くと、紫織が寒そうに「シャワー、借りてもいい？」と言った。それを躊躇している場合ではなかったので、浴室に案内した。

守生は濡れた床を拭きながら、紫織に何があったのか問いただすべきなのか、あえて訊かずにおくべきなのか、この先の選択を決めかねていた。

「あー、生き返ったー」

洗面所で洗い髪を乾かし、頬を上気させた紫織が、擦りガラスの引き戸を開けて居間に入ってきた。だぼだぼのトレーナーと裾をロールアップしたパンツが、いかにも女の子な感じで可愛らしい。

彼女はトレーナーの袖口を鼻に近づけて、「薬クサイ。タンスの匂いだ」と言いながら、ソファーにいた守生の隣に座った。ポニーテールでもツインテールでもないさらさらの黒髪。いつもより大人びて見える。

お腹が空いた、と言うのでフレンチトーストを作り、ホットミルクと一緒に出してやった。紫織はあっという間に平らげて、「紫織、モリオの料理好き」と微笑む。

いたって普通のようだが、どこかに違和感がある。本当の感情を隠して、明るい少女を装っているような嘘っぽさ。身体の動かし方も、どことなくぎこちない。

その理由が気になってしまったため、自分から確かめてみることにした。

「何があったのか、聞かせてもらってもいい？」

「……母親に怒られた」

うつむき加減に話す紫織。テンションは、かなり低い。

「怒られるようなこと、しちゃったのか？」

「昨日の夜、あの人のお皿を割っちゃったの。隣のお椀を取ろうとして、手がすべって。さんざん謝ったのに、さっきも同じことで怒りはじめたから、飛び出してきちゃった」

あの人。紫織は、継母のことを他人のように語る。

桐子が亡くなってから、半年も経たないうちに父親が迎え入れた女性。

守生はその話を、少し前に紫織から聞いていた。

「そっか。よっぽど大事な皿だったんだ」

「フードコーディネーターだから、高そうなお皿、いっぱい持ってるの。うちでは料理なんて、ほとんどしないのに」

フードコーディネーターは料理を美しく盛りつけるのが仕事。継母の皿へのこだわりも尋常ではないのだろう。

しばらく黙っていた紫織が、再び口を開いた。

「あの人、たまにおかしくなるの。お父さんがいなくて、紫織とふたりだけのとき」

「おかしくなる？　どんなふうに？」

詳細を訊ねると、紫織がいきなりソファーから立ち上がった。

守生に背中を向けて、トレーナーを脱ぎ出す。

「ちょっ、ま、待て待て！　どしたんだ急に！」

すぐさま目を背けた。

「見て」

抗《あらが》う力を奪うような彼女の声に、覚悟を決めて視線を向ける。

――華奢《きゃしゃ》な背中。透き通るような白に交じった、毒々しい赤紫。

右の肩甲骨の下に、握りこぶしくらいの痣《あざ》があった。少し腫れている。

「これ……まさか……？」

うわずった声で訊ねると、顔を横に向けた紫織が淡々と言った。

「あの人がおかしくなると、こうなるの。ぶったり、つねったり。いつもは痣がつくほどぶたないけど、昨日は相当頭にきたみたい。グーでやられた」

「湿布だ！　湿布しよう！　紫織、とりあえず服を着て！」

「ううん、着ない」

紫織が守生の胸に飛び込んできた。

バストを隠していたトレーナーが床に落ちる。

「こ、こら！　ダメだって、紫織！」

「モリオ……」

彼女は守生の背に回した両腕に力を込め、上目遣いでささやいた。

「紫織、大人になりたい」

潤んだ瞳、少しだけ開いた唇。

守生の腹に押し当てられたふたつの隆起。そこから、熱い鼓動が伝わってくる。

だが、抱きしめてしまいたい衝動よりも、痛々しい身体を服で包んでやりたい理性のほうが、遥かに勝っていた。

守生は両腕を上げたまま、できる限りやさしく言った。

「こんなことされたら、もう紫織と会えなくなっちゃうよ」

一瞬、紫織の力が抜けた。

守生は裸を見ないように彼女の両腕から逃れ、トレーナーを拾って手渡した。

「とりあえず着て。ちゃんと話をしよう。な」

トレーナーを前で抱えた紫織が、口を固く結んで守生を見つめている。

「湿布は……あ、物入れだ」

わざと声に出して寝室に向かった守生の心臓は、音が紫織にまで聞こえるのではないかと思うほど、激しく脈打っていた。

「大人になりたい」の意味を熟考しているからではない。

頭の中を占めているのは、想像だにしていなかった背中の痣だ。

まさか、継母に虐待されていたなんて。

病院に連れていこうか？　警察か？

いや、児童虐待の相談場所があるはず。

待て待て、本人が嫌がるかもしれない。

まずは湿布治療を施して、よく話し合うのだ。

脳内会議をしながら湿布薬を取り出し、居間に戻ると、トレーナーを着直した紫織がソファーで膝を抱えていた。長い髪で覆われていて、顔は見えない。

激しいビートを刻んでいた胸の奥から、耐えがたい痛みが湧いてきた。


人から受けた傷を癒す必要があったのは、ハトのモフだけではなかったのだ。

助ける必要があったのは、熱帯魚のピー太だけではなかったのだ。

それなのに、そんなそぶりは一度たりとも、紫織は見せなかった。

今日だって、動きがぎこちなかったのは、打撲の痛みを隠していたからだろう。

誰にも言わず、誰にも見せず、ひたすら耐える、笑う。家庭でも、学校でも。

そんな紫織の姿を、守生はまざまざと思い描くことができた。

## 6

患部に湿布薬を貼ったあと、守生は紫織の向かい側の床に座った。

「病院に行ったほうがいいんじゃないか？」と訊ねたら、「大丈夫。行っても湿布もらうだけだよ」と答え、黙りこくった。

守生も次の言葉に詰まり、部屋に静寂が流れていく。

——やがて、膝を抱えてうつむいていた紫織が、静かに胸の内を明かしはじめた。

「あの人ね、お父さんとかお祖父ちゃんの前では、いい母親の振りするの。お父さんがゴハン食べるときだけ、料理も完璧。でも、紫織とふたりのときは、いつも不機嫌なの。本当は仕事もヒマみたいで、料理の研究とか言って誰かと食べ歩きばっかしてて、それを自分のSNSにアップして。ストレスが溜まりまくってんだよ。それで、急にキレるの」

「お父さんには相談したのか？」

質問を挟むと紫織は首を左右に振った。

「お父さんも知ってると思う。でも、見ないふりしてる。仕事で家にいないことが多いし、あと……」

やや言いにくそうに、彼女は目を逸らす。

「あの人、お金持ちのお嬢様なんだって。お父さんの会社に必要なんだと思う」

「会社に必要？」

「よくわかんないんだけど、あの人の親が、お父さんの大事なお客さんなの。だから、何も言えないんじゃないかな」

要するに、父親に必要だったのは、継母の実家の財力だったのか。桐子が亡くなってすぐに再婚した理由は、会社の経営にも関係していたのかもしれない。

一体、どんな父親なのだろう？

祖父の子会社を任されているくらいだから、仕事面では優秀なのだと思われる。だが、人としては薄情な合理主義者。そんなイメージが、どうしても浮かんでしまう。

「あのね、本当のお母さんが言ってたの。『お父さんの実家、お金がなくてすごく苦労したみたい。だからお父さんは、何よりもお金が大事になっちゃったの』って」

紫織の告白を受けて、守生は自分の妄想めいた邪推を、止められなくなった。

カネに執着する貧乏な大学生が、家庭教師として出会った金持ちの少女を、どうにか自分のものにしようと考えた。その結果、大学生は桐子と結婚し、まんまと金持ちの仲間入りを果たした――。

ゲスの勘ぐりだが、正解のような気がしてならない。

「紫織ね、あの人が嫌い。お父さんも、もう好きじゃない。あの人がうちに来て、なんか変わっちゃったから」

とても沈んだ声。胸が掻きむしられる。

「……辛かったんだな。何もしてやれなくてごめん」

かける言葉が、それしか見つからない。

「モリオのせいじゃないよ。上辺だけの仲良し家族って、わりと多いと思うし。……でもさ、うちでいい子のふりするの、もう疲れちゃったよ」

淡々と述べる様子が、余計に痛々しく感じる。

ストレスのはけ口として、継子に暴力を振るう継母。そんな再婚相手に気を遣い、娘と距離をおく父親。どう考えても良好な家庭環境ではない。むしろ劣悪だ。

こういった場合、第三者は公的機関に相談するべきなのだろうか？

でも、紫織はそんなことは望まないだろう。ここで自分が「児童相談所に」などと口走ったら、裏切られたような気持ちになるんじゃないか。

じゃあ、一体どうすれば……。

思考の迷宮に迷い込んだ守生の前で、紫織がつぶやく。

「紫織、もうあの家に帰りたくない。学校にも行きたくない。先生に監視されて、みんなと同じことしなきゃいけなくて。それって、刑務所と同じじゃん。早く大人になって、自由になりたい」

気持ちはよくわかる。自分だって父親が事件を起こしてからは、ずっとそう思っていた。早く大人になりたくて、独り立ちがしたくて、〝まだ子ども〟という現実に焦りを感じていた。紫織が僕にしがみついてしまったのも、焦燥感からくる衝動だったのだろう。

だからといって、ここで賛同するわけにもいかないし……。

何を言うべきか迷っていたら、「ねえ、モリオ」と紫織が顔を上げた。

「なに?」

「今日からお父さん、しばらく出張なの。紫織、学校も塾も夏休みで、お手伝いさんもお休みで……。あの人とふたりっきりでいるのヤだ。ここに泊まっちゃダメ?」

「それは無理だ」

その問いには、迷うことなく即答した。

紫織の瞳に落胆の色が広がっていく。

「……なんで？　なんで無理なの？」

「法律違反だから。大人は未成年者を勝手に泊めちゃいけないんだ。どうしても辛いなら、家庭問題の相談に乗ってくれるところがある。紫織がそうしたいなら、一緒についてくよ」

精一杯、答えたつもりだったのだが、紫織は「……じゃあ、いいよ」と目を伏せてしまった。

その瞬間、守生は自分自身に失望した。

大人ってなんだよ。オマエ、いつから大人って、堂々と名乗れるようになったんだよ……。

「……ホントごめんな。ほかに泊まれそうなところはないのかな？」

「お祖父ちゃんちは近くだけど……」

「お祖父ちゃんって、亡くなったお母さんのお父さん？」

「うん。紫織、お祖父ちゃんは好きなんだ。厳しいけどホントはやさしいから」

つまりその祖父とは、桐子の父親の式田だ。

十六年前に、守生の父が身代金を要求した相手。

インチキまがいの手口で、父に投資を勧めた男……。

守生は動揺を悟られないように努めながら、紫織の話を聞いていた。

「でも、お祖父ちゃんちはね、お祖母《ばあ》ちゃんが寝たきりになっちゃって、ヘルパーさんが付きっきりで大変なの。それに、お祖父ちゃんになんで泊まりたいのか、説明するのヤなんだ。心配させちゃうから」

やはり、継母のことは祖父にも隠しているのか。

なんとかしてやりたいのに、どうすればいいのかすぐに思いつくほど、守生は知識や経験を持ち合わせていなかった。

「泊めてやることはできないけど、日中はここにいていいよ。僕もしばらく暇だと思うから」

「……うん」

「僕にできることなら、なんでもするよ」

すると紫織が、食い入るように守生を見た。

「ホント？　ホントになんでもしてくれる？」

「ああ、できることなら」

彼女は「じゃあ」と言ってソファーにきちんと座り直し、切実な声で言った。

「お母さんを助けてあげて」

「……え？」

「お墓の中にいる、本当のお母さん」

——桐子のことだ。

「あのね、お母さん、死んじゃう前に、病院でお父さんに言ってたの。お墓に閉じ込められるのはいやだ、骨になったら海に撒《ま》いてほしいって。何度も。でも、お父さんはそれを許さなかった。だから、紫織がお母さんを、自由にしてあげたいの」

その表情は、真剣そのものだった。

「紫織だけじゃ、お墓の石を動かせない。だから助けてほしいの。お願い。初めて会ったとき、手伝おうかって、言ってくれたよね？」

守生はやっと、紫織が墓の前で何をしようとしていたのか理解した。

取り出そうとしていたのは、桐子の遺骨だったのだ。

かつて、守生の父親が誘拐した桐子。

誘拐事件の被害者になり、引きこもってしまった初恋の相手。

彼女がのちに産んだ娘が、「助けて」とすがるような目を向けている。

紫織の顔に、桐子の顔が重なって見えてくる。

——コウセイくん、助けて！

「よし、助けに行こう。今すぐ」

「ありがとう！」

紫織の表情がパッと明るくなった。

「でも、素手じゃ無理だ」

納骨棺の石板は、コンクリートのようなコーキング剤で固定されていた。あれを動かして中の骨壺を取り出すには、バールや金槌などの工具が必要だろう。

「ホームセンターに行ってくる。紫織は服をドライヤーで乾かしておいて」

「わかった」

「誰か来ても、絶対に出るなよ」

紫織に念を押してから、玄関扉に鍵をかけて階段を下りる。

雨はすでに止んでいた。

タイヤの空気が抜けかけた自転車で、隣町のホームセンターに行った。

家族連れで賑わう店内を進み、日曜大工コーナーで使いそうな道具を選んでいく。バール、金槌、ノミ、軍手。石板を元通りにするためのチューブ入りコーキング剤。さらに雑貨コーナーに寄り、大きめの褐色ガラスのビンをひとつ選んだ。

現金で会計を済ませ、店を出てレシートを眺める。結構な出費だが、カネを惜しむ気持ちは湧いてこない。

レシートを店前のゴミ箱に入れ、自転車の荷台に買物袋を括りつける。漕ぎ出そうとして、道路の反対側にある石屋の看板が目にとまった。

墓石のイラストが描かれている。

そこで守生は、重大なことに気がついた。

あんな重そうな石板を、自分と紫織だけで動かせるのか?

守生ひとりでもバールで石を浮かせることはできるかもしれないが、相棒が紫織では、そのあとの工程が厳しいだろう。しかも、彼女は背中を痛めているのだ。手伝わせるわけにはいかない。

あとひとり、男手がいる……。

瞬時に思い出したのは、ケンの顔だった。

家に帰り、自分の服に着替えて待っていた紫織に相談する。

「僕だけじゃ動かせそうにない。ケンさんに手伝ってもらったらどうかな」

紫織は少し考えたあと、こっくりと頷いた。

「紫織、ケンさんちに行ってみたかったんだ」

笑顔にも声にも、硬さがにじんでいた。

## 7

窓の外は、すでに薄暗くなっていた。

守生は懐中電灯と工具を入れたリュックを背負い、紫織と共に家を出た。

一瞬、紫織を自転車の後ろに乗せていこうかとも思ったのだが、タイヤの空気が抜けて漕ぎにくくなっていたため、歩かせることになってしまった。

ふたりで黙々と玉美川を目指す。

途中で「背中、大丈夫?」と守生が訊ねたら、紫織は「平気」と答えたが、無理をしているような気がしてならなかった。

土手沿いを歩き、ビニールハウスが立ち並ぶエリアに足を踏み入れる。

懐中電灯で周囲を照らしながら、ケンが説明していた「青い小屋の中に、ひとつだけある黄色い小屋」を探す。

慣れない場所だからだろう。紫織の動きがギクシャクしている。

守生の心拍数も正常ではなかった。

――だが、それは意外と早く見つかった。

黄色いビニールシートで覆われた、小さいけど頑丈そうな小屋。中から灯りが漏れている。小屋の横に洗面器が置いてあり、中のツナのようなものを二匹の猫が食べていた。黒猫と三毛猫だ。

「あ、ジョンとヨーコだ」

紫織の声で猫たちは顔を上げたが、逃げずに光る眼で守生たちを見つめている。

ケンが餌付けをしていたジョンとヨーコ。ここが彼の住まいで間違いなさそうだ。

小屋の入り口の前に立ち、思い切って声をかけた。

「ケンさん、ケンさん」

何度か呼んでみたが返事はない。

「出直そうか」と紫織に告げると、彼女は「そうだね……」と残念そうに目を伏せる。

すると、急に入り口のビニールがめくれた。

ケンよりも年配に見える髭ヅラの男が顔を覗かせ、「ケンなら隣の小屋にいるよ」と言って入り口を閉めた。

……同居人がいたのか。

隣の青い小屋に移動して、もう一度「ケンさん」と呼んでみた。

少し間があったあと、タバコを咥え、トランプのカードを持ったケンが顔を出した。

「おう、本当に来たのか」

ニンマリと笑う顔を見た守生は、肩の力がスッと抜けていくのを感じた。

仲間とポーカーをやっていたというケンに、「実はお願いがあって」と切り出すと、彼は「ちょっと待ってろ」と顔を引っ込め、すぐ小屋の外に出てきてくれた。

「なんだどした」

守生は正直に事情を話した。

紫織の実母が、生前に骨を海に撒いてほしいと願っていたこと。その願いを叶えるために、墓を暴こうとしていること。工具類は用意したのだが、自分と紫織だけでは目的が果たせそうにないこと……。

「――わかった。俺に任せろ」

話を聞き終えたケンは、躊躇など一切せずにそう言った。

「よかった……」と涙ぐんだ紫織の頭を、ケンがクシャッと撫でる。

「すぐ行くから本堂の前で待ってな」

その力強い声に、守生は頼ってよかったと心底思った。

※

紫織とふたりで、桐子が眠る寺院へ向かう。

群青色の空を、雲がゆっくりと流れている。

境内に足を踏み入れると、あちこちからカエルや虫の鳴き声が聞こえてきた。

「お寺の人に見つかったら、怒られちゃうかな?」

紫織が不安げに問いかけてきた。

「大丈夫だよ。紫織の家族のお墓なんだから」

遺族の紫織が墓をいじることに、問題なんてないはずだ。

やがてケンが合流し、三人は墓前に立った。周囲には誰もいない。

夜間用ライトのほのかな灯りの中、それぞれが「白部家之墓」に手を合わせる。

守生は、心の中で桐子に話しかけた。

トーコ。こんな近くにいたんだな。今まで気づかなくてごめん。

ずっと閉じ込められてて、苦しかっただろ。今、外に出してやるからな。

「よっしゃ、やるか」

ケンの掛け声で、軍手をはめた守生とケンが香炉をどかす。紫織も手伝おうとしたが、守生は「いいよ」と制止した。

ケンが石板と下の石とのすき間を埋めているコーキング剤にノミを当て、金槌でカンカン叩く。慣れた手つきだ。劣化していたコーキング剤が、ボロボロと崩れていく。

守生は思わず「仕事が早いですね」と感嘆の声を上げた。

ケンは「日雇いで慣れてっから」と手を止めずに答える。

守生が近くに置いてあった箒《ほうき》でゴミを片付けたあと、ケンがバールで石板を浮かせた。

守生も手伝って持ち上げ、石板を横に移動させる。

その下は納骨棺になっているはずだが、他人の墓の中を覗いてはいけない気がしたので、守生はすぐにその場から離れた。

「紫織の出番だ」

ケンの言葉に紫織が頷き、緊張の面持ちで墓に近づいた。

懐中電灯を手に、納骨棺の中を覗く。

――そして彼女は、白い陶器の壺《つぼ》を取り出した。

墓中のスペースに余裕をもたせるために、粉骨して納めたという骨壺。紫織が両手で包めるくらいの大きさだ。

彼女は骨壺をそっと胸に当てて、「お母さん……」とつぶやいた。

トーコ。君の娘はすごいな。たった独りで君を助けようとしていたんだから。

紫織と実母の再会を、守生は静かに見守った。

「お母さん、移しちゃうね」

紫織はその場で骨壺のフタを開け、中身を別のビンに移し替えた。守生がホームセンターで買っておいた褐色ガラスのビンだ。

空になった骨壺は、紫織が墓に戻した。

修復作業も、ケンが手早くやってくれた。元に戻した石板のすき間に、液状のコーキング剤を注入していく。

開始から三十分も経たないうちに、すべての作業が完了した。

よほど注意深く観察している人じゃないと、コーキング剤が新しくなったことになど、気づかないだろう。

「ケンさん、モリオ、本当にありがとう」

褐色のビンを抱えた紫織が、ペコリと頭を下げる。

「紫織の母さんも、きっとよろこんでるさ」

ケンが静かに言う。カッコいい人だなと、守生はあらためて感服した。

「これ、よかったら、仕事で使ってもらえませんか?」

ケンに工具をまとめて入れた袋を手渡す。

彼は「おう。俺は足りてっから、新入りにやるわ」と笑みをこぼし、すぐに表情を引き締めた。

「あのよ、リバーサイドの仲間内では、〝見ざる聞かざる言わざる〟が鉄則なんだ。俺たちも墓を開けたことは、誰にも言わないようにしようや。墓泥棒とか、ヘンな誤解されるのも面倒だからな」

その言葉に、守生と紫織は深くうなずいた。

寺院を出てケンと別れ、タクシーを拾った。紫織を家まで送るためだ。かなり歩かせてしまったので、背中の打撲が心配だった。

最初はひとりで乗せるつもりだったのだが、継母とのこともあり、後ろ髪を引かれる思いがしていたので、守生も乗っていくことにしたのである。

遺骨を回収した安心感もあってか、紫織はもう「家に帰りたくない」とは言わなかった。

本当は、なんとかしてやりたいのだ。

「そんな家になんて帰らなくていい。泊まってっていいよ」

そう言ってやりたかったのだ。

でも、世間はそれを許さない。紫織は未成年者なのだから。

忸怩《じくじ》たる思いを抱えながら、シートの横に座る紫織を窺った。

背中をかばっているのだろう。浅く腰かけ、背筋を伸ばして前を向き、両手で褐色のビンをしっかりと抱えている。

凛としたその姿があまりにも健気に見えて、守生の胸を締めつけた。

瀟洒な屋敷が建ち並ぶ、東口側の閑静な住宅街。

その中にある児童公園の前で、守生たちはタクシーを降りた。

「家から少し離れたところで降りよう」と紫織に言っておいたら、彼女が「ここでいい」と言ったのだった。

「じゃあな。また明日、うちにおいで。何時でもいいから」

「うん。ありがとう。あのね……」

紫織が守生を見上げて、「もうひとつだけ、お願いしてもいい？」と小声を出す。

「今度はなんだ」

「海に、連れてってほしいの」

その言葉を聞いてホッとした。

守生も紫織と桐子の願いを叶えるために、同行したいと思っていたからだ。

「いいよ。どこの海？」

「葉山《はやま》。お母さんの好きなレストランがあるの。昔、お父さんと三人でよく行った、海沿いのレストラン。その前の海に撒いてあげたい。満月の夜に」

「満月？」

「だって、夏の満月の夜は、サマースノーが降るんだよ。その日に撒いてあげたら、きっとお母さん、よろこぶと思う」

「わかった。満月の日を調べておく」

「やった！」

朗らかさを取り戻した紫織を見て、胸を撫で下ろす。

空を見上げると、左側がわずかだけ欠けた月が、白い光を放っている。

満月は、もうすぐだ。

「じゃあね。また明日ね！」

紫色の痣を隠した細い背中が、遠ざかっていった。

## 8

「おはよ！ 今日は暑いねー」

翌朝の紫織は、何事もなかったかのように元気だった。

白と紺のボーダーTシャツに薄地デニムのオーバーオール。大きめのリュック、スニーカー。髪の毛を結んでいないので、いつもより大人っぽい印象を受けるが、恰好自体はよく見る休日のスタイルだ。

目の下にうっすらとクマがあるけど、顔色は悪くない。

「うちから歩いてきたら、汗かいちゃった。モリオ、シャワー借りてもいいよね」

すたすたと洗面所に向かう。

守生は、昨日も浴室を使わせたこともあり、あまり抵抗を覚えなかった。

むしろ、いつも通りの天真爛漫な態度に、深く安堵していた。

やがて、つやつやの顔と髪で洗面所から出てきた紫織が、「ノド渇いたー」と守生を見た。冷蔵庫から冷えた牛乳を取り出し、コップに入れて渡す。

彼女はノドを鳴らして一気に飲みほし、「ぷはー」と声を出した。

背中の打撲について訊いてみると、痛みはだいぶ引き、痣の状態も良くなりそうだという。継母とも問題は起きなかったようだ。

守生は用意しておいた朝食を居間のテーブルに並べた。

ご飯と味噌汁、焼いた干物と生卵、それに漬物という、いたって簡素な献立だったが、紫織はご飯をお代わりし、「やっぱ、誰かに作ってもらったゴハンは美味しいね」と言って微笑んだ。

「あ、調べておいた。満月はあさってだ。僕は行けるけど、どうする?」

「行く! うれしい!」

そういえば、二人で外食したことは一度もなかったな、と守生は思った。

どうせなら、うんと奮発して楽しませてあげよう。カネはまた稼げばいい。

「ついでに葉山で遊ぼうか。昼メシはそのレストランで食おう。ほかに行きたいところある?」

「え！　だったら、マリーナでクルーズ船に乗りたい！　あとは、あとは……」

「考えときなよ」

「うん！　そのレストランはね、シーフードが美味しいの。デザートのプリンもサイコーなんだよ」

紫織の頰が上気している。守生も微かな胸の高まりを感じていた。

日差しが強かったので、外には出ずに居間でＤＶＤを観た。

守生が何度でもリピートしたい『ロード・オブ・ザ・リング』の第一部だ。

三時間を超える特別編集版だったためか、紫織は途中でうたた寝をはじめた。

肩にもたれて目を閉じている彼女を起こさないように、ＤＶＤのボリュームを下げる。

静かな寝息。Ｔシャツごしに伝わる体温。シャンプーの匂い。

紫織から発せられるそれらが、とても愛おしいもののような気がした。

昼寝から目覚めた紫織からせがまれて、居間でサックスを吹いた。下のサロンが休みだったからだ。

楽器の調子はますます悪くなっていた。出そう出そうと思ってはいたのに、修理に出せないままでいたのだ。守生は、（葉山に行く途中で楽器店に寄ろう）と考えながら、紫織のリクエストで『ムーン・リバー』を演奏した。

彼女が小声でハミングする。守生の胸のあたりが、じんわりとあたたまる。

――うれしいな。

シンプルにそう思った。ふたりで音を奏でることが、夢の中の出来事のようだった。


夕食は、いつもの卵チャーハンを作った。

紫織はまた「お母さんの味！」とよろこび、いかにも幸せそうに平らげた。

そういえば、桐子も昔、オヤジの卵チャーハンを美味しそうに食べていた……。

桐子が誘拐された日のことを思い出し、守生の心に影が差したが、紫織の陽だまりのような笑顔を見ていたら、ほんの少しだけ赦されたような気持ちになった。

食事を終えて茶を飲んだあと、紫織を大通りまで送った。

別れ際、「明日も行っていい？」と紫織から言われたので、快く承諾した。

まるで、おままごとのようにふわっとした、現実感に乏しい紫織との時間。

守生は、こんな日々がいつまでも続くなんて、思ってなどいなかった。

僕は紫織にとって、遭難した海で見つけた板のような存在だ。いつか大きな船に救出されて、板のことなど忘れる日が来る。それまでは、荒波から守ってやろう。

たとえボロ板でも、沈みそうな身体を支えてやることくらいはできる。

自分に、そう言い聞かせていた。

## 9

朝のテレビニュースで、気象予報士が熱中症対策を呼びかけている。

紫織は今朝も、長い髪を揺らしながら守生の家にやってきた。

夏休みに入ってから、ツインテールとポニーテールは封印したようだ。

「紫織、そのオーバーオール好きだねえ」

「サロペットパンツって言うんだよ。紫織、同じの二枚持ってるの」

澄ました顔で答え、「アツいー。シャワー借りるね」と言いながら、勝手知ったる様子で洗面所へ直行する。

およそ三十分後、さっぱりした顔の紫織が、昨日と同様に冷たい牛乳を飲みほした。

ふたりで焼きそばを作って食べ、『ロード・オブ・ザ・リング』の第二部を観る。

紫織はまた、途中でうたた寝をしはじめた。

もしかしたら、好みの作品ではなかったのかもしれない。

夕方、玄関扉を叩く音がしたので出ると、スーツ姿の将弘がカバンと白いビニール袋を手に立っていた。

「よ！　相変わらず引きこもってんなあ」

「どうしたんだよ、急に」

「次の仕事まで時間が空いちゃってさ。マネージメントの話、今してもいい？」

「紫織が来てるんだ」

守生が小声で告げると、「わかった」と真顔でうなずき、「じゃあ、紫織姫の顔、見てこっかな」と朗らかに言って台所に上がり込んだ。

「将弘さんだ！」

居間の擦りガラス戸を開けて紫織が走り寄ってくる。

「久しぶり！　なんか今日、大人っぽいじゃん」

「そおかな？」

ポカンとした顔をする紫織。

守生は将弘に妙な誤解をされないよう、あわてて口をはさんだ。

「髪を結んでないからだろ」

「あー、そっか」

「紫織ね、夏休みなのにどこも行くとこないの。モリオんちに押しかけちゃった」

ペロッと舌を出す。将弘が目を細めた。

「だったら、オレがどっか連れてってあげるよ」

紫織は「やったー」と両手をあげた。

「どこがいい？　テーマパーク？　映画館？」

「んっとねー」

「将弘、今週は忙しいんじゃないのか？」

「そうだった。じゃあさ、来週の花火大会にオレんちにおいでよ。モリオと。うちのタワーマンション、花火がバッチリ見えるんだ」

「行く！　モリオ、連れてってくれるよね？」

「いいよ」

「わあ、チョー楽しみ！」

無邪気によろこぶ紫織を見ながら、守生はどんなときも自然体な将弘に深く感謝した。

「そーだ、メロン買ってきたんだ。モリオ、ビタミン不足だろ」

将弘がビニール袋を差し出す。

「ふたりで食べて。オレはメロン苦手だから」

「お、ワリイな」

「ありがとう。将弘さん、ホント気が利くー」

将弘は「だろ？」と紫織に自慢げな顔をし、守生を見ながら「ちょっとパソコン借りていい？　あと、コーヒー飲みたい」と続けた。

「うちはネットカフェか」

「そう。ここはオレ専用のネカフェ」

「そーだったんだー」

「なわけないだろ。将弘、ブラックでいい？」

「おお。頼む」

守生は将弘の好みに合わせて濃い目のコーヒーを淹れ、紫織のカップには牛乳と砂糖をたっぷり入れてやった。

デスクトップパソコンの前に座った将弘が、何かのページを見ている。

「なに見てんの？」

紫織が後ろから覗き込む。

「ブログ。ユーザーのコメント読んでた」

「へー、将弘さんってブログやってんだ。紫織も読みたい」

「仕事。バンド紹介とか活動報告とか。……あっ、そーだ！」

将弘が急に大声をあげ、ブログページを閉じて立ち上がった。

「ちょうどよかった。紫織ちゃんにも聴いてもらいたかったんだ」

カバンからいそいそとCDを取り出す。

将弘がマネージメントを担当する、インディーズバンドのアルバムだった。

守生がCDをパソコンにセットし、三人でアルバムを聴いた。

「これ、アンコールの定番。これはちょっと冒険してみた曲で……」

などと、将弘がいちいち解説するのが少しうっとうしかったが、守生はライブで観たときと同様に、悪くないと思った。

すべての曲を聴き終えた紫織が、「チョーかっこいい！　紫織の学校でも流行りそう」

と感想を述べる。

「マジで！」

将弘は小躍りしそうなくらいよろこび、「よーし、オレがヒットさせるぞ！」と息巻いた。

やがて将弘は、「マネージメントの話はまた今度な。CD置いてくから、もっと聴き込んでおいてよ」と守生に告げ、仕事に戻っていった。

夕食は宅配ピザを取ることにした。

寝室の電話機で注文を入れ、インディーズバンドのCDをもう一度聴いていると、「将弘さんのメロンが食べたい」と紫織が言い出した。

「ピザ食べてからでいいだろ」

「ピザと一緒に食べたいの。ねえ、ダメ?」

その甘えたような言い方がツボにハマったため、守生は台所でメロンを切ることにした。ちょうど切り終わったときにノック音がしたので、つい右手に果物ナイフを持ったまま玄関扉を開けてしまった。

「ギョッとした顔をするピザ屋の男性配達員に、「あ、すみません」と謝った。

ピザの箱とナイフをキャンプ用テーブルに置き、玄関に戻って支払いを済ます。

居間の擦りガラス戸から紫織が顔を出して、すぐに引っ込めた。

配達員は彼女をチラッと見てから立ち去った。

九時をすぎたので、紫織を大通りまで送った。

満月の前夜。ほぼ円に近い月が夜空で光っている。

たしか、『小望月《こもち》』と呼ぶはずだ。その前夜の月は『十三夜月』。半月だと『下弦の月』や『上弦の月』。姿を見せない月も『新月』やら『三十日月《みそか》』などと名称がある。満ち欠けの順ごとに月に名前が付いているなんて、日本はなんと風流な国なのだろう。

柄にもなく月を愛でながらコンビニまで歩き、オモチャの手錠を捨てるという目的を果たした。すっきりとした気持ちで家に戻ろうとしたら、どこからかカラスの鳴き声が聞こえてきた。

「カアー、カアー、カアー、カアー」

四回鳴いた夜烏。四。死――。

突然、紫織の顔が思い浮かんだ。胸騒ぎがする。

電話でもしてみようか、と考えて、紫織と電話番号を教え合っていないことに気づいた。その必要がなかったのだ。次に会う約束をじかに交わすのが、当たり前になっていたから。

……明日の朝、会えるではないか。急に何を焦っているのだ。

即座に自分を制し、家路についた。

――あれは、虫の知らせだったのだ。
守生はのちに、そう痛感することになる。

# 第五章

## 「珊瑚に舞う骨」

平成二十五年（2013年）七月の出来事

## 1

その日は、まぶしいほどの晴天だった。

紫織は朝七時すぎに大張り切りでやってきた。

見慣れたオーバーオールに白の長袖Tシャツ。今朝は白いチューリップハットをかぶっている。

「帽子がないと、日焼けしちゃうよ」

紫織は帽子を脱ぎ、ご機嫌な表情で居間のソファーに座った。

リュックから褐色ガラスのビンを取り出し、顔に近づける。

「お母さん、もうちょっとだけガマンしててね……」

小声で話しかけてから、大事そうにリュックに戻した。

トーストだけの簡単な朝食を食べながら、今日の予定を話し合う。

まず、午前中に葉山マリーナのクルーズ船で観光をする。レストランでランチを取ったあとは、近くの美術館で絵画鑑賞。海辺を散歩して夕焼けを眺め、空に満月が顔を出したら、レストラン前の海に遺骨を撒く——。

プランを決めた紫織は、「今日は汗かきそうだから、シャワー、しっかり浴びてから行くね」と言って、浴室に入っていった。

守生は片付けをしてサックスケースを玄関に置いた。葉山に行くときに横浜で途中下車し、大手楽器店に修理を頼むつもりだった。

居間に戻ったら寝室の電話機が鳴った。

受話器を取るや否や、将弘の大声が響いてきた。

『おい、テレビ観たかっ？』

「は？　テレビ？」

『すぐつけろ！　ニュース！』

コードレスの受話器を持って居間に戻り、テーブルのリモコンを取り上げる。

ザッピングしてニュース番組を映した。

男性アナウンサーが何やらしゃべっている。

「……事故や事件に巻き込まれた可能性が高いとみて、情報提供を呼びかけています。行方不明になっているのは……」

「紫織っ！」

守生はテレビに向かって小さく叫んだ。

画面に映し出されたのは、セーラー服にツインテールの紫織の写真だった。

あまりの衝撃で目の前が真っ暗になりかけたが、受話器から響いてきた『もしもしっ？モリオ！』の声で黒が散った。

テレビを消して受話器を耳に当てる。

「将弘、何があったんだっ？」

『紫織ちゃん、三日前から行方不明で、家族が捜索願を出したらしい』

「ええっ？」

自分のうかつさに脳天が痺《しび》れてくる。

紫織は昨日もおとといもその前も、家には帰っていなかったのか？

一体、どこで何をしていたのだ？

どこで夜明けを迎えていたというのだ？

『もしかして紫織ちゃん、ずっとモリオんちにいたの？』

「いたけど、夜はちゃんと帰してた。家に帰ってるんだと思ってた」

『三日前の夜、自宅近くで男と一緒にいたのを目撃されてるそうだ。それってオマエなんじゃないか？』

誰かに見られたとしたら、墓地から紫織をタクシーで送って、公園で別れたときだ。

「……僕かもしれない」

『やっぱりそうか。なあ、紫織ちゃんと駅前のスーパーに行ったことある？』

「なんで知ってるんだよ！」

『紫織ちゃんの目撃情報がＳＮＳにガンガン投稿されてる。しかも……』

「しかもなんだよ！」

『オマエもパソコンで見ろ！　今すぐ！』

動揺で受話器が手から滑り落ちた。

拾い上げてまた耳に当てる。

「無理だ、ＳＮＳなんてやったことない。なんて書いてある？　教えてくれ！」

『マジかよ……ちょっと待って』

将弘の言葉を待つ。指が震えてきた。胸が圧迫されて息苦しい。

『いいか、ざっと読み上げるぞ』

——将弘の声を聞きながら、SNSに投稿されているであろう、膨大な目撃情報を想像した。

〈河坂駅のスーパーで男といるのを見た。もしかして、監禁されてる?〉

〈自分もスーパーでふたりを見た。写真も撮っちゃった。もう警察には通報した〉

〈いや、監禁って決めつけるのはどうかな。家出少女の援助交際かもしれない〉

〈今どき中学生の援交なんて珍しくないからな〉

〈単なる淫行の可能性もある〉

〈スマホが部屋に置きっぱなしだったらしいよ。誘拐監禁でしょ、絶対〉

〈玉美川の河川敷で、セーラー服の紫織さんらしき女の子が怪しい男と歩いてるのを見ました。男は痩せていて髪は長め。黒いケースを持ってました〉

〈このあいだ捕まった北海道のニート男と同じ、わいせつ目的の誘拐・監禁でしょう。あの事件を連想させるケースだったから、警察は公開捜査を急いだのだと思われます〉

〈被害者は近所の子です。白部紫織さん。聖白女学院の中学二年生ですよ〉

〈また一人、いたいけな少女が性犯罪者の餌食になったのか。許せん！〉

〈河坂にもロリコン変態野郎がいたってことね〉

〈マジわいせつ野郎には死んでほしい。キモイ〉

〈白部紫織さん！　どうかご無事で！〉

〈スーパーで犯人の写真撮った人、アップして。拡散する〉

〈了解、これです〉

『……ってコメントと一緒に画像が投稿されてるんだ。セーラー服の紫織ちゃんを、モリオがすぐそばで見てる。オマエは缶詰を持ってる』

紫織がパセリを取りに戻ろうとして、女性とぶつかったときに撮られたのだ。

自分と目が合ったサラリーマン風の男が、スマホを手にしていたことを思い出し、愕然とする。

『あっ、いま新しい投稿がアップされた。読むぞ！　〈写真と似た男の部屋に、紫織さんらしき女の子がいるのを見ました。その男はナイフを持ってました。警察に行って詳しく話してきます〉……これってまさか、オマエのこと？』

——昨夜、果物ナイフを見られた宅配ピザの配達員だ。

エアコンが効いた部屋なのに、冷や汗が流れてくる。

頭の中でガンガン音が鳴っている。

そういえば、夕華にも手錠を落とすところを見られてしまった。

最悪だ。夕華に通報されたら、「無職の変態男にナイフで脅されて、手錠で監禁された少女」というストーリーが、完全にできあがってしまう。

今すぐ、紫織を家に帰すのだ！

『おいモリオ、聞いてんのかっ？』

「ちょっと待って！」

受話器をソファーに放り投げて、洗面所に駆け寄った。

扉をノックしようとした刹那、中から紫織のハミングが聞こえてきた。

ラーラーラー　ラーララララー　ラーラララー　ラーラー
『ムーン・リバー』だ。

ああ、紫織は葉山に行くことを、こんなにも楽しみにしているのに……。

守生は扉に背をもたせかけ、ギュッと目を閉じた。

このまま家に帰したら、紫織と海に行く約束は一生果たせなくなる。ふたりの顔写真がSNSで拡散され、〝性犯罪の加害者と被害者〟というレッテルを貼られてしまったのだ。もう二度と、会うことは許されないだろう。

そう思った瞬間、耳元で葵の声が再生された。

テレビで北海道の誘拐監禁事件の報道を観たときの言葉だ。

——この女の子、風評被害にあうかもしれない。監禁って性犯罪のイメージがあるでしょ。こうやって報道されちゃうと、近所とかネットとかでいろいろ噂される。あたしの中学の同級生なんてさ、家出して親切なサラリーマンちに泊めてもらっただけなのに、淫行って噂されてヤンキーになっちゃったんだよ。マジ最低——

そうだ。たとえ警察の捜査で監禁容疑が晴れたとしても、淫行疑惑は残ってしまう。紫織がこの家にいたことは事実なのだ。僕たちが密室で何をしていたのか、証明なんてできっこない。

紫織の風評被害は、もう避けられない。

周囲から好奇の目で見られ、学校という牢獄に閉じ込められ、継母の虐待にひたすら耐えなければならないのだ。この先、ずっと。

——助けて！


閉じた瞼の裏に中学三年生の桐子が現れて、悲痛な声で叫んだ。

十六年前に守生の父親に誘拐され、犯人が目の前で事故死して以来、不登校で引きこもりになってしまったという桐子。

あの頃はまだ、ネットもSNSも普及していなかった。

それでも、桐子は人の目にさらされて学校に通うより、結婚相手の庇護を受けながら、ひっそりと暮らすことを選んだのだ。

もしも今、桐子が紫織の立場に置かれたら。

ネットを通じて性犯罪の被害者だと噂されてしまったら。

生きる気力を根こそぎ奪われてしまったとしても、不思議ではない。

——ふいに、見えない何かから試されている気がした。

これまでずっと、逃げ続けてきた過去と罪。

怠惰に暮らす自分を、〝幸せになる資格がない〟と決めつけることで誤魔化してきた。
その結果、今の状況を引き寄せたのだ。

洗面所からドライヤーの音がして、我に返った。
このまま捕まるわけにはいかない。
こんなカタチで僕という板を失ったら、紫織は暗い海の底に沈んでしまう。
考えろ。考えろ。どうすれば紫織を助けられるのか。
だが、ぐずぐずしている暇はない。
すでに警察が、ここに向かっているかもしれないのだから。
警察……。
ふと、あるアイデアが閃《ひらめ》いた。
細部まで考える。複雑な迷路のごとく、いくつもの道筋が浮かぶ。
頭をフル回転させて、正解までのラインを辿っていく。
……イケるのか？ 危険すぎないか？
いや、一か八かだ。迷ってなんか、いられない。

守生は将弘が置いていったCDをパソコンにセットし、曲を流した。

ソファーに行って受話器を取り上げる。通話は切れていない。

「もしもし?」

『モリオ!』

「ネットって怖いよな。性犯罪者にされちゃったよ。紫織は性犯罪の被害者だ」

『のんびり言ってる場合かよ! なんでCDなんかかけてんだよ!』

「洗面所に紫織がいる。まだ何も知らない。海に行くって約束してるんだ」

将弘の息を吸い込む音が聞こえた。

『だめだ! 今すぐ帰せ! 親が捜索願を出したんだ。紫織ちゃんの意思は関係ないんだよ。海になんか連れてったら、未成年者誘拐罪で本当に捕まるぞ!』

何を言われても、すでに腹は据わっていた。

「将弘、頼みがある」

『なんだよ』

「この先、何が起きても、将弘は何も知らないふりをしてくれ。紫織のことはなんとかするから」

『なんとかって、どうするつもりだよ!』

「一度しか言わない。よく聞いて」

これ以上ないくらい真剣な声音を、守生は受話器に向かって放っていた。

「将弘はこの家で、紫織と一度も会ってない。玄関で差し入れだけしてすぐ帰ったから、部屋に誰がいたのか見てないんだ。今も僕と、紫織のことは一切話してない。話したのは将弘のバンドのことだ。ほら、昨日うちに寄ったとき、アルバムくれただろ？　その話をしてたんだ。いいアルバムだよ。きっと売れると思う」

『なに言ってんだよ！　なにするつもりなんだよ！』

「頼む。そうしてくれないと紫織を助けられない。いいか、僕たちはいつも音楽の話しかしてなかったんだ。だから、将弘は紫織を知らないし、オヤジと桐子のことも聞いてない。花火大会の約束もマネージメントの仕事の話も、最初からなかったことにしてくれな」

『どーいうことだよっ！』

「僕を信じてくれ。大丈夫。紫織にも口止めするから。仕事の誘い、ありがとう。うれしかった」

『おいモリオ！』

通話を切ってCDを止めた。

寝室に行き、受話器を親機に置く。

誰からも電話が来ないように、モジュラープラグを外す。

パソコンで調べものをして手帳にメモを取り、電源を切った。

家にあるありったけのカネをショルダーバッグに入れ、手帳も突っ込む。

タンスの引き出しからキャップを出して目深《まぶか》にかぶり、洗面所の扉の前に立つ。

ノックをして紫織に声をかけた。

「そろそろ行くぞ」

「はーい。お待たせー」

清々しい顔で紫織が出てきた。

この三日間、毎朝シャワーを浴びていたのは、家に帰ってなかったからだ。オーバーオールも同じものを着続けていたのだろう。中のTシャツだけ着替えて。

きっと、ろくに睡眠を取っていなかったから、昼間はうたた寝をしていたのだ。

どこで夜を明かしたのか問いたい気持ちを抑えて、玄関でスニーカーを履く。

修理に出そうと準備しておいたサックスのケースが目に入った。

どうしようか迷った末にケースを取り、紫織を連れて家を出た。

## 2

「出るのが遅れちゃったな。途中までタクシーで行こう」

守生は、河坂駅は監視されているだろうと考え、タクシーを拾いやすい大通りに向かった。

すれ違う人の視線が異常に気になる。やたらと汗ばんでいるのは、強烈な日差しのせいだけではない。

早足で歩いていると、目の前のネットカフェから意外な人物が出てきた。

「あっ、ケンさんだ！　このあいだはありがとう！」

登山用のリュックを背負ったケンが、紫織の声に身体をビクッと動かす。

「お、おう！　こりゃ偶然だな。紫織……モリオと一緒にいたのか」

「うん！」

紫織が元気よく答える。ケンが紫織から守生に目線を移した。

「あのな、ネットで見たんだけどよ……」

「ケンさん」

守生はケンの言葉をさえぎり、紫織に気づかれないように人差し指を口に当てた。

「僕たち、これから海に行くんです。今日じゃないと駄目なんです」

おそらくケンは、ネットで紫織の捜索願が出ていることを知ったのだ。

もしかしたら、守生が犯人扱いされていることも。

「そうなの、葉山に行くの。クルーズ船に乗って、美術館にも行くの。チョー楽しみ！」

白い帽子を目深に被った紫織が、いかにもうれしそうな声をあげる。

ケンは一瞬だけ苦痛をこらえるような表情をしたが、すぐにいつもの笑顔になった。

「そうか。楽しんできな」

守生はサックスケースを足元に置き、手の平にじっとりかいた汗をジーンズでぬぐった。

そのとき、視界に紺色の制帽と水色のシャツが飛び込んできた。

遥か前方の角から、ひとりの警察官が現れたのだ。全身に震えが走った。

――捕まる！

とっさに、「このサックス、今日だけ預かってください」とケンに頼んだ。

「モリオ……？」

ケンが強い眼差しを守生に注ぐ。

「途中で修理に出すつもりだったんだけど、やっぱ邪魔だなと思って。葉山から戻ったら取りに行きます」

守生はケンから目を離して、紫織に「行こう」と声をかけた。

警察官とすれ違わないように、少し先にある脇道に入ることにした。

守生が顔を伏せて歩きはじめる。横の紫織も同様だ。

何かに気づいたのか、警察官が守生のほうに真っ直ぐ向かってくる。

心拍数が跳ね上がった。走り出したい気持ちを抑え、歩みのテンポをキープする。

警察官が「ちょっと」と守生を呼び止める。

全身から汗が噴き出した。万事休すか——。


その刹那、パンッと発砲音がした。

周囲にいた全員が、音のほうを見る。

ケンが右手でエアガンを掲げ、銃口を上に向けていた。


「おいっ、お前！」

警察官が血相を変えた。

マナブがモフを撃った、違法改造のエアガンだ。

やはり、処分などしていなかったのだ。背負っているリュックの中に隠していたのだろう。

「暴発しちゃったんだよっ!」

ケンは大声で叫び、エアガンを警察官の後方に投げつけた。思わずエアガンを目で追ってしまう警察官。

そのすきに、サックスケースを右手に持ったケンが、ものすごい俊足で走り出す。

「待てぇっ!」

警察官は後ろに落ちたエアガンを拾い、ケンを追いかけていく。

ふたりは、あっという間に脇道へと姿を消した。

ケンさん、ありがとうございます!

守生は心の中で叫び、紫織の背を押して歩き出した。

通行人らが足を止め、こっちを見ている。スマホを持った人もいるので、またSNSに投稿されるかもしれない。

「……ケンさん、大丈夫かな?」

事情を把握していない紫織が、心配そうな顔をする。

「大丈夫。暴発しただけで人に当たってないから」

実は〝銃刀法違反〟という言葉が浮かんでいたが、それは言わずにケンの無事を祈った。

大通りでタクシーを拾って横浜まで行き、横須賀《よこすか》線に乗り込む。

車内で人ゴミに揉まれた途端、なんともいえぬ安心感に包まれた。

電車で大勢の中に埋もれることを、こんなにもありがたく思う日が来るとは、想像もしていなかった。


JR逗子《ずし》駅で電車を降り、駅前のバスターミナルへ向かう。

守生はバス停の前で紫織を待たせ、近くにあった公衆電話ボックスに入った。

ショルダーバッグから手帳を出して開き、家を出る前にメモした内容を確認する。

十円玉を何枚か公衆電話に入れ、一本だけ大事な電話をかけた。


電話ボックスを出て紫織と葉山行きのバスに乗り、まずはマリーナを目指す。

三浦《みうら》半島の西側にある小さな海街・葉山は、海岸から江の島《えしま》や富士山が眺められる有名なリゾート地だ。

しかし、〝葉山〟という地名には、由緒正しき高級ブランドのような響きがあり、守生がひとりなら絶対に来ない場所でもあったのだが……。

実際に来てみれば、古くから別荘地として栄えた理由がよくわかる、実にのどかで自然豊かな街だった。

守生は紫織と共にクルーズ船のデッキに立ち、CMやポスターでしか見たことのない美観を満喫した。

太陽の反射できらめく紺碧の海と、鼻孔をくすぐる潮の香り。そして、紫織の華やいだ声と笑顔。そのすべてが、いま置かれている状況の緊迫感すら霞《かす》ませていく。

守生はいつしか、自分が〝誘拐〟と呼ばれる行為を犯していることが、何かの間違いのような感覚に陥《おちい》っていた。

「わ、海が超キレイ！　空がまぶしー。あ、カモメだ！」

紫織は、葉山に来てからずっと歓声をあげ続けている。

そのお日様のような表情に影が差さないよう、守生は余計なことは何も言わないでおいた。

レストランに向かって海沿いを歩いている途中、紫織がチューリップハットを脱いで深呼吸をした。長い髪が風でサラサラとなびいている。

「あー、いい匂い。来てよかったね」

「日に焼けちゃうから、かぶっときな」

紫織の手から帽子を取って深くかぶせた。そうしておかないと、すれ違う誰かが紫織の顔に気づくかもしれない。

守生もキャップのツバで顔を隠し、うつむき気味で歩いた。

桐子がお気に入りだったというレストランは、洒落たカフェやバー、スイーツ店などが点在するエリアの一角にあった。

目の前に海が広がる、白亜のイタリアンレストラン。映画やドラマのロケ地にピッタリな、とんでもなくロマンチックな店だ。

店内はファッションにも気を配ったカップルだらけ。帽子を被ったカジュアルな男と少女は、明らかに浮き気味ではあったが、そんなことはどうでもよくなる鷹揚《おうよう》な雰囲気が、その空間にはあった。

守生たちは二階の青いパラソル付きのテラス席で、コース料理を注文した。

『朝採れ野菜のバーニャカウダ』

『カラスミの冷製パスタ』

『伊勢海老入りブイヤベース』

『特製プリンの盛り合わせ』

——それは明らかに、守生の人生で一番ゴージャスなランチだった。

食後のコーヒーを飲みながら、海を眺めて過ごす。

遠くのビーチで、海水浴客たちが夏を楽しんでいる。

沖合では、何艇ものヨットが白い帆をなびかせている。

鮮やかな青のコントラストを描く、海と空。その境界線に、綿菓子のような入道雲がいくつも浮かんでいる。

「ね、いいとこでしょ？　景色も料理も最高だよねー」

並んで座っている紫織が、満足そうに言った。

「うん。このプチセレブ感はキライじゃない」

「だよねー。よくこの席で、本当のお母さんとお父さんとゴハン食べたんだ」

彼女はテーブルに両肘をつき、「あー、気持ちいー」と目を細め、組み合わせた両手の上にアゴをのせた。

カラッとした海風が、パラソルを揺らし続けている。

「あのさ、ちょっと訊きたいことがあんだけど」

「なあに？」

守生は、そろそろいいかなと思い、なんてことはない雰囲気で核心に触れた。

「紫織、ここ何日か家に帰ってないだろ。すっかり騙されてたよ」

笑いながら言ったので、紫織も「あ、バレちゃってたんだ」と言って舌を出した。

「どこに泊まってたんだよ」

「えっと、夜はお寺の本堂に行って、縁の下でシートにくるまって寝て、明るくなったら玉美川の木陰に行って寝たの。人の声で逃げたりして、ドキドキしちゃった」

瞳をクリクリさせながら、冒険譚を語る。

「独りで怖くなかったのか？」

「うん。ジョンとヨーコがそばにいてくれた日もあったし」

「ジョンとヨーコ？　ああ、猫の？」

「そう。あの子たち、川に行くと来てくれるようになったんだよ。一緒にパン食べたりしてた。あとね、お母さんがずっと一緒だったから、怖くなかったの」

隣の椅子に置いてあったリュックの、遺骨のビンが入っているあたりを撫でた。

「ってことは、リュックの中にシートが入ってんの？」

「そう。シートと着替えと虫除けが入ってる。ディスカウントのお店で買ったんだ。あのね、お墓に行ったあと家に帰ったら、またあの人にキレられたの。帰りが遅いってブチキレて、ぶたれそうになった。そんなに遅かったわけじゃないし、いつもは自分のほうが遅いくせにさ。もう無理だなと思って、貯金箱のおカネ持って家出しちゃった」

紫織がむくれた顔をした。

なんとたくましい、と感心すると同時に、そうまでしても家にいたくなかったのかと、不憫に思う。

「ケンさんのとこには行かなかったんだ」

玉美川で寝たと聞いて、真っ先に浮かんだのがケンだった。

「だってケンさん、モリオと一緒じゃないと来ちゃダメだって、言ってたからさ」

親の言いつけを守る、子どものような紫織。

守生の鼻の奥が、ツンと痛んだ。

できることなら、三日前の夜に戻りたい。あのとき家に帰さなければ、紫織は外の暗闇の中、たった独りで眠ることなどなかっただろうに。

いや、いっそのこと、墓地での出逢いからやり直したい。

自分が紫織に声さえかけなければ、その後も一切関わらなければ、こんな貧乏男とのわいせつ行為を疑われるような事態は、招かずに済んだのに。

「あのね、スマホは家に置いてきたんだよ。ＧＰＳとかで親に居場所がバレるのがヤだったから」

確信犯だ。今は朗らかに話しているけど、きっと決死の覚悟で家を出たのだ。

だが、家族が捜索願を出すことまでは、想定していなかったのだろう。

「紫織、スマホ持ってたんだな」

「親に持たされてた。でもね、ほとんど使ってないんだ。紫織、電話って好きじゃないの」

「そっか。僕と一緒だ」

もしも紫織と電話でやり取りしていたら、履歴で守生の存在が警察にバレていたかもしれない。

「……家に帰れって、言わないの?」

おずおずと訊ねてきたので、守生は「そう言ったら帰るのか?」と逆に質問した。

紫織は何も答えずに、海へと視線を移した。

レストランを出て、海が見える美術館に行った。

守生と紫織は、二十世紀パリで花開いたリトグラフの名作を、じっくりと見て回った。

もちろん、ふたりとも帽子を目深にかぶったままで。

「紫織ね、ここに来てみたかったんだ。うれしいな。今日はサイコー!」

興奮気味の紫織。守生はあわてて周囲を見回した。

誰かに紫織の声を聞かれたら、行方不明の少女だと気づかれるかもしれない。

――幸いなことに、ほかの客はリトグラフ以外には関心がないようだ。

「紫織、もうちょっと静かに見ような」

「はーい」

紫織が舌を出す。

何も知らずにはしゃぐ彼女の目を、守生は真っすぐに見ることができずにいた。

美術館のあとは、海辺の公園や神社を巡った。

紫織は神社の拝殿前で、何かを一生懸命祈っている。

守生もこの先の計画がうまく行くことを、必死に願っていた。

あっという間に陽が傾いてきた。

守生は静かなビーチを探し、紫織と共に砂浜に腰を下ろした。

「夕焼けがキレイ。紫織、こんな真っ赤な夕焼け、初めて見た」

紫織が瞬きもせずに空を眺め続けている。

辺り一面を紅に染め、水平線へと溶けていく夕日。遠くに連なる紫色の山々。いつまでも記憶に残ってしまいそうなほど、素晴らしい夕景だった。

山側の空に大きな満月が顔を出した頃、守生と紫織は白亜のレストランに戻った。店の前にある長い石段を下りていくと、その先は小さな岩場になっていた。周囲に人影はなく、とても静かだ。波と岩がぶつかり合う音だけが聞こえる。帽子を脱いだ紫織が、リュックから褐色のビンを取り出した。

「お母さん。遅くなってごめんね」

しんみりと言って中身をそっと海へ撒き、両手を合わせて目を閉じた。守生もキャップを脱ぎ、胸の前で手を合わせる。

細かく砕かれた桐子のカケラたちが、水の中に散っていく。

海は、墓場だ。

生物の骨や殻が砕けて砕けて、やがて海の砂となるのだ。生きている人間は長居を許されない、大いなる自然の墓場。と同時に、海は新たな命を育《はぐく》むゆりかごでもある。

終わりと始まりが円環する、どこまでも青い世界。

今夜は、珊瑚が卵を放出しているはずだ。

守生の心のスクリーンに、ピンクのサマースノーと桐子のカケラが、海中で混ざり合って舞い踊る様子が映し出された。


「なんか、いいな。僕も骨になったら海で眠りたい」

守生がつぶやくと、紫織も「うん」と頷き、満ち足りたような表情をした。

ふたりで大きめの岩に腰かけ、肩を並べて海を眺める。

白や橙、岸辺に点る人工の灯りが、徐々に色濃くなっていく。

やがて、紫織が笑顔を向けた。

「モリオ、ありがとう。紫織、うちに帰る」

守生は彼女と視線を合わせて、静かに言った。

「まだ帰れないよ。紫織は今、僕に誘拐されてるから」

# 3

「……そのジョーダン、面白くないよ」

笑みを崩さずに、紫織が言った。

「冗談じゃない。僕は誘拐犯なんだ。もう、紫織の家に身代金も要求した」

そう告げたら、笑顔が凍りついた。

「……うそ」

「ホント」

「なんでっ？　いつそんなことしたのっ？」

紫織の声が大きくなる。守生は彼女の肩に手を伸ばし、ポンポンと叩いた。

「ごめん、驚かせちゃったな。ちゃんと説明するから、落ち着いて聞いて」

守生を見上げる紫織の目に、満月の光が映り込んでいる。

「今朝、ニュースで知ったんだけど、紫織の家族が警察に捜索願を出したんだ」

「えっ？」

「それで、ＳＮＳに目撃情報が投稿された。紫織も僕も、ネットで顔が出回っちゃったんだよ。僕なんか完全に性犯罪者だと思われてる。たぶん、うちの住所も通報された」

「そんな……そんな……」

紫織が両手を口に当てた。指が少し震えている。

「このままだと、『わいせつ目的で誘拐された女子中学生』ってレッテルが、紫織に貼られてしまう。このあいだ、女の子を監禁したわいせつ野郎が捕まったから、余計そう思われちゃうだろう」

「……でも……でも、紫織が勝手に押しかけたって言えば……」

「淫行だって思われる。僕たちが部屋で何をしてたか、誰にも証明できない。どっちみち、紫織は『性被害を受けた少女』として、みんなの記憶に残ってしまう」

紫織は驚愕の表情を浮かべたままだ。

「でも、それが身代金誘拐なら、話は別だ。目的がカネなら、紫織の見られ方は全然変わる。最悪の風評被害からは、逃れられるはずなんだ」

「まさか……だから身代金を要求したっていうの？」

「まあ、そーゆーことかな。それだけってわけじゃないけどね」

守生がのんびりとした言い方をすると、紫織が顔色を変えた。

「モリオ、バカなんじゃないのっ？」

怒った顔もいいんだよな。と、守生は関係ないことを考えてしまった。

「確かにバカなのかもな。でもさ、僕だって『変態わいせつ男』より『カネの亡者』のレッテルのほうが、まだマシだから」

本音だった。

人は先入観で物事を判断する。他人から一度つけられたレッテルは、相当な努力をしないと剝がせない。

ましてや、メディアやネットで伝わってしまった『犯人と被害者』のイメージを変えることなど、不可能に近いのではないか。

そう思った守生は、今回の出来事を〝身代金目的の誘拐事件〟に仕立て上げ、紫織を性犯罪のイメージから遠ざけることを選んだのだ。

「そんなのだめだよっ！　モリオは何も悪いことしてないじゃん！　悪いのは紫織じゃん！　そんなのヤだよっ！」

「悪いこと、してるんだ。今日だって捜索願が出てるのに、未成年者の紫織を引っ張り回した。それだけで十分、悪いことなんだよ」

「そんなのおかしいよ！　絶対ヘンだよ！」

涙ぐみながら、紫織が叫んだ。

そうだな。紫織がハタチになってたら、こんなことにはならなかったのにな……。

守生は、くじけそうになる気持ちを、必死で奮い立たせる。

「逗子からバスに乗る前に、三百万円を用意しろって、紫織の家族に電話したんだ。これから身代金の受け渡し場所に行く。きっと、警察が張り込んでると思う」

「……警察に捕まったら、モリオはどうなっちゃうの？」

「刑務所に入るんだろうな。まあ、そんなに長く入ることには、ならないんじゃないかな。よくわかんないけど」

「そんな……」

紫織の瞳から、大粒の涙がボロボロこぼれてきた。

「そんなの、ヤだ！　紫織、おカネの受け渡し場所になんて、絶対、行かないから！」

「僕はもう、身代金目的の誘拐犯なの。指定した場所に行って、紫織を無事に帰さないと、もっと凶悪な犯罪者になっちゃうよ」

穏やかに言い聞かせながら、涙を両の親指で拭ってやった。

紫織が真剣な表情で、守生の両腕を強く摑んだ。

「このまま逃げよう。紫織、モリオとならどこでも大丈夫。なんでもできる。学校なんて行かなくていい。だからお願い、一緒に逃げて！」

「だめだよ」

「なんでっ？」

「逃げた先に自由なんてない。誰かがそう言ってたけど、僕も同感なんだ。この世界の自由には、責任が伴うんだよ。ちゃんとルールを踏んで、自由になるための権利を手にしないとだめなんだ。アホみたいなルールも多い気がするけどさ。まあ、それで世の中が回ってるってことは、理にかなってるシステムなんだろうなって、僕は思う」

「権利って何？　誰かが勝手に決めたルールなんて、どうでもいいじゃん！」

そう言い切れるほど、自分はもう若くはないのだなと、守生はあらためて思った。

「紫織はちゃんと学校に行って、子どもの義務を果たせ。勉強して知恵をつけて、社会の一員として認められる最低限のものを手に入れるんだ」

「いや！　家とか学校とか、牢獄に閉じ込められるのは絶対にいやっ！　このまま逃げようよ！」

紫織の頬に、また新たな涙の筋ができた。

「ずっとさみしかったの。独りぼっちだったの。楽しい、うれしい、そばにいたいって、ホントに思ったの。やっと逢えたんだって思ったの。もう独りはいやだよ、さみしいのは耐えられないよ！　ずっと一緒にいてよ！」

必死の訴えに、心が激しく揺れた。

このまま紫織を連れて逃げてしまおうか？

……いや、それでは何も変わらない。

ここで踏ん張らないと、果てしなく流されてしまう。

守生は断腸の想いで、喉から声を絞り出した。

「紫織には、まだいなきゃいけない場所があるんだよ。せめて義務教育が終わるまでは、そこにいるべきなんだ」

すると、紫織が苦悶の表情を浮かべた。

「……居場所はあっても、生きてく場所がないの」

涙と共に口からこぼれた言葉。

――魂の悲鳴のように聞こえた。

「紫織には生きてく場所がないんだよ！　お願いだから独りにしないでよっ」

何かを考える間などなかった。

気づいたら、泣き叫ぶ紫織を力いっぱい抱きしめていた。

「ごめん……ごめんな。僕だって本当は、紫織のそばにいたいよ。ずっと一緒にいたい。でも、耐えるんだ。頼むから耐えてくれ。僕たちのために」

腕の中で紫織が顔を上げ、目を見張る。

「考えてみたんだ。このまま逃げたらどうなるか。身元を隠してやれる仕事なんて、ほとんどないよな。僕はパチンコか日雇い。紫織は場末の水商売。見つかりそうになったら、逃げる。常に脅えながら暮らす」

「それでいいじゃん！　紫織、なんでもやるよ！」

「だめだよ、それは自由じゃないんだから。このまま逃げたら、きっと疲れて別のどこかに逃げたくなる。お互いからも離れたくなる。ずっと一緒にいたいなら、今は逃げちゃだめなんだ」

守生は片手で紫織を抱き、もう片方の手で髪を撫でた。

彼女は守生のTシャツの胸のあたりを、強く握りしめている。

「だから、僕は刑務所に入る。紫織は学校。どっちも牢獄だよな。でも、務めを果たしたら、完全に自由だ。僕が自由になる頃には、紫織はもう、大人になってるかもしれない。そしたら……」


そしたら？　そしたらの次は、なんて言えばいいんだ？

また逢おう、なんて絶対に言えない。

僕はもう、紫織とは二度と逢えない。

どんなに逢いたくても、逢ってはいけないのだ。


抱きしめていた腕を緩めて、右手で空の一点を指差した。

「あ、ＵＦＯだ」

「えっ？」紫織が夜空に目を凝らす。「どこ？」

守生は紫織を見つめて、穏やかに微笑んでみせた。

「……モリオの嘘つき」

紫織も泣き笑いをした。

ずっと見ていたいのに、見ているのが辛くなる、狂おしいほど切ない笑顔だった。

守生は彼女から身体を離し、姿勢を正した。

「実はさ、紫織にまだ言ってなかったことがあるんだ。ちょっと長くなるけど、聞いてもらえるかな」

紫織は潤んだ瞳を向け、黙ってうなずいた。

ふたりでまた、海を眺めた。

遠くで灯台の灯りが揺れている。

守生は、自分が誘拐犯として裁かれなければいけないもうひとつの理由を、紫織に打ち明けた。

「女の子を誘拐するの、これが初めてじゃないんだ。十六年前、紫織のお母さんを誘拐した。僕と、僕のオヤジで」

紫織が大きく息を呑む。

「さっき海に撒いた桐子だよ。白部桐子。旧姓、式田桐子。紫織が生まれる前の話。桐子は僕のふたつ上で、近所の幼なじみだったんだ。紫織、お母さんに誘拐された経験があるって、知ってた？」

「……知らない。嘘でしょ？」

脅えた目をしている。

「嘘じゃないよ。全部話すから、怖がらないで聞いて」

守生は、一気に告白してしまうことにした。

「桐子はおっとりしてて、やさしくて、いつもニコニコしてて。フルートが上手で。音楽仲間でもあったけど、初恋の相手みたいな存在だった。

ある週末の午後、桐子がうちに来た。いつものように楽器の練習だ。そのあとゲームをしたんだ。会社経営をモチーフにしたファミコンゲーム。

ふたりで夢中になって遊んで、気づいたら夜になってた。

オヤジが帰ってきて、桐子に『もう帰ったほうがいい』って言ったんだけど、もう少し、もう少しって粘っているうちに、十一時をすぎちゃって。そしたら、オヤジが桐子に『お父さんには連絡しておくから、今日は泊まってきな』って言い出したんだ。

うちは一階がラーメン屋で、二階が住居だった。電話は一階の店の固定電話しかなかった。誰もがケータイを持ってるような時代じゃなかったからな。

オヤジが電話しに行ったとき、僕も桐子もなんの疑問も抱かずに、そのままゲームをやり続けてた。

僕のオヤジと桐子のお父さん、つまり、紫織のお祖父ちゃんの式田さんは知り合いだったし、まさかオヤジが嘘をつくなんて思いもしなかった。

でも、オヤジは電話なんてしてなかったんだ。

あとから知ったんだけど、桐子の家では帰ってこない娘を必死で捜してたらしい。うちにも問い合わせがあったのに、オヤジはすっとぼけてたんだよ。

次の日もずっと、ゲームをした。店を休みにして、オヤジも参加してきた。

三人でゲームして、オヤジの作ったメシ食って、またゲームの続きをやって。

……最高に楽しかった。

オヤジが豹変《ひょうへん》したのは、その日の夕方だった。

帰ろうとして一階に下りた桐子を、いきなり後ろ手で縛ったんだ。店のタオルで。

オヤジは桐子に謝りながら、こう言った。

『キミのお父さんに騙されて、借金をしてしまった。今すぐ三百万円を用意しないと店がつぶれる。お父さんに融資を頼んだのに、融資する価値がないと言われてしまった。どうしても今夜中にカネを都合してもらいたい。頼むから協力してくれ』

バカなオヤジだろ。投資なんてやったことのないド素人が、式田さんに言われるがままに博打を打ったからだよ。

あとから知ったんだけど、当時は景気が冷え込んでて、店の経営が悪化してたみたいで。

しかも、その年の初めにお袋が死んじゃってさ。オヤジ、切羽詰まってたんだろうな。事件の前日も、レンタカーで借金の工面に飛び回ってたそうだ。

オヤジは僕に『見張ってろ』と言って、式田さんの会社に電話をした。今でも覚えてる。『桐子さんを預かってます。無事にお帰ししますから、三百万円を用意してください。今夜十時に、ご自宅近くの蒼屋《あおや》の駐車場でお待ちしてます。おひとりで来てください』

縛られて床に座り込んだ桐子が、僕に『助けて』と訴えた。目を合わせるのが辛くて店の鏡を見たら、その中でも桐子が責めるように睨んでた。

でも、何もできなかった。怖かったんだ。

日常から突然、異世界に迷い込んじゃったような感じがして。

今でも夢に見るくらい、おぞましい夜だった。

オヤジがレンタカーで桐子を連れてったあとも、怖くてずっと震えてた。

結局、式田さんが警察に通報して、捕まりそうになったオヤジは逃げて、車に轢《ひ》かれて死んだ。何もできなかった自分の無力さに、涙が出た」

灯りの点った魚船が、沖合をゆっくりと移動している。

隣の紫織は、無言で耳を澄ましている。

嫌がっているようには見えないことが、守生を勇気づけた。

「そのあと、長野の養護施設で暮らすことになってからも、桐子の『助けて』が頭から離れなかった。

オヤジが最後に見せた、困ったような哀しいような、情けない顔も。

あのとき、僕が桐子をゲームに誘わなかったら……あんなに遅くまでゲームをやり続けなかったら、オヤジも魔が差すことは、なかったんじゃないか？

あのとき、桐子を逃がしてやってたら、オヤジは死なずに済んだんじゃないか？

そんなことばっか考えてたら、オヤジの顔を思い出すのが苦しくなっちゃったよ。

──それでも三年前、僕は河坂に戻ってきた。

この街にいれば、偶然、桐子と会うかもしれない。いつか、また笑い合える日が来るかもしれないって、どっかで期待してたのかもな。

もう亡くなってたなんて、想像もしてなかった。

だけど、この街に戻ってきて、本当によかったと思ってる。紫織と逢えたから。

一緒にモフを助けて、家に来てくれるようになって、本当にうれしかった。

最初はさ、未成年の紫織と仲良くなることに抵抗があったんだ。周りから誤解されるかもしれない、気安く近寄っちゃいけないって、自分を戒めてた。

でも、そんなの無理だったよ。紫織といるのが楽しかったから。紫織が桐子の娘だってわかったのは、ふたりでローズムーンを見たあとだ。そのときも一緒にいるべきか迷ったけど、そんな迷いはすぐに消えた。

紫織さ、僕の卵チャーハンを『お母さんの味』って言ってたよな。あれ、オヤジの得意料理だったんだ。桐子もよくうちで食べてたし、オヤジから作り方を教わってたこともあった。

僕たちは〝親の味〟の記憶でつながってたんだ。

きっと紫織は、僕の家が逃げ場だったんだよな。新しいお母さんといるのが、死ぬほど辛かったんだよな。まさか暴力を振るう人だったなんて……。

帰りたくないって、あんなに言ってたのに、何もしてやれなくて本当にごめんな。

だから――」

紫織の目を覗き込んだ。涙が光っている。

守生は再び海に目をやり、息を整えてありのままの本心を言葉にした。

「僕は紫織を守りたい。桐子のことは助けられなかったけど、紫織だけは助けたいんだ。もしかしたら、そうすることが自分の救いになるって、勝手に考えてるだけかもしれない。でも、今は本当に守らなきゃ、って思ってる。

オヤジ、元ヤンキーでさ、直情的で単純で子どもっぽくて。昔の映画をたくさん見せてくれて、海の中まで連れてってくれて。お袋と僕のために、毎日一生懸命働いて。吹奏楽部の定期演奏会では、恥ずかしいくらい僕の名前を連呼して……。

あんなバカなことやった人だけど、オヤジのこと、大好きだったんだ。

身代金は、式田さんに要求した。

公衆電話からパソコンで調べた会社の番号にかけて、『守生と申しますが、御社の社長をお願いします』って言ったら、すぐ本人が出てくれた。

そういえば式田さん、桐子が行方不明になってたときも、家じゃなくて会社にいたんだ。そのほうが気が紛れたのかもしれない。オヤジも僕も、サイテーだ……。

なんて言おうか迷って、オヤジと同じようなセリフ、言っちゃったよ。

『紫織さんのお祖父さんですね。紫織さんを預かってます。無事にお帰ししますから、三百万円を用意してください。今夜十時に、ご自宅近くの蒼屋の駐車場でお待ちしてます。

おひとりで来てください』

説明なかったが

……笑っちゃうよな。

オヤジの復讐とかじゃないよ。式田さんに伝えたいことがあるんだ。

紫織のお父さんじゃなくて、お祖父ちゃんに電話した理由は、それだけ。

オヤジと同じようなこと、自分がするのも、なんか意味があるような気がしてる。

人生で二度目の誘拐の罪を償って、十六年前の落とし前、きっちりつけてくるよ」

紫織が両手で顔を覆って、肩を震わせている。

見なくても、隣に座っている守生には、それがわかった。

横を向いたら自分も震えてしまいそうだったので、ひたすら夜の海を眺めていた。

沈黙の時間は、涙を拭った紫織の「わかった」という声で終わった。

何かを決意した者の、強さを感じさせる声だった。

「赦してくれ、なんて言えないけど……ごめん」

低く告げた守生の瞳を、紫織が真っすぐ見つめる。

「お母さん、赦してたと思う。そうじゃなかったら、モリオのお父さんの卵チャーハン、
何度も作ったりしないよ」

「紫織、待ってる。モリオのこと、ずっと待ってるから」

──心が、宙を舞った。

自分を縛りつけていた鎖から、一瞬だけ解き放たれたような感覚がした。

だが、ここで肯定したら、逆に紫織を縛りつけてしまうことになる。

舞い上がった心が急下降し、散り散りに乱れていく。

守生は紫織から目を逸らし、小声で「うん」と言った。

それが精一杯の答えだった。

「迎えに来てくれる？」

「……ああ」

「絶対に？　約束する？」

「約束する」

迎えに行けたら、どんなに幸せだろう。

叶えてやれない約束。胸が苦しい。

「でも紫織、大人になったら、うちを出ちゃうかもしれない。だから、待ち合わせ場所を決めよう」

「紫織……」

「待ち合わせ場所か……」

「決めた。六月の満月の夜。ローズムーンの夜に、ここで待ってる。絶対ここに来るから、自由になったらローズムーンの夜に来て」

「それ、いいな。うん、そうしよう」

答えた瞬間、紫織の表情がわずかに歪んだ。

守生が何度も、瞬《まばた》きをしてしまったからかもしれない。

紫織は怖いくらい真剣な顔で、守生の肩に両手をかけた。

そのまま守生の唇に自分の唇を重ねてくる。

触れ合う部分から、彼女が緊張していることが伝わってきた。

その行為自体にどんな意味があるかなど、どうでもよかった。

きっと紫織は、言葉にはできない想いを、精一杯表現しているだけなのだ。衝動のまま動いているのだろう。

身体に腕を回すことも、押し戻すこともせず、紫織にされるがままにしていた。

胸の奥底から、じんわりと熱が湧き上がり、その熱が炎と化して全身を駆け巡る。

守生は、ひとつの願い事を祈り続けた。

時間よ止まれ。このまま、永遠に――。

「約束、ちゃんと守ってね。モリオを待ってるって、紫織も約束するから」

守生の肩におでこを当てた紫織が、かすれた声でささやいた。

4

帰りも横浜からタクシーに乗った。

紫織はひと言も口を利かなかった。守生も押し黙ったまま、ずっと前を見ていた。

三百万円の受け渡し場所に指定したのは、紫織の家からほど近い『蒼屋』の一階駐車場。二十年以上も前からそこにある、和食専門のファミリーレストランだ。

蒼屋から少し離れたところで、タクシーを降りた。ふたりとも帽子を目深にかぶり、あまりくっつかないように歩き出す。

「紫織、警察には『身代金のことは知らなかった』って言うんだぞ」

「近所の親切なお兄さん、だと思ってた」

斜め後ろを歩く紫織が、感情のない声で言った。

「そうだ。僕はカネをせしめるために、親切な振りして紫織を海に連れてった。ボディガード代として、家族に三百万円を要求するためにな。紫織は、僕に騙されてたんだ」

「……うん」

こんな話、本当はしたくない。でも、しっかり念を押しておかなければ。

「僕とどこで知り合って、いつ何をしたのか訊かれたら、正直に答えて。ケンさんとマナブのことも、サロンの夕華さんと会ったことも、ちゃんと言おう。でも、将弘と葵は巻き込みたくないんだ。将弘とは一度も会ってないことにしたい。葵とはすれ違って挨拶くらいはしたけど、それだけ。あと、僕のことは……」

「モリオはミュージシャン。自宅で石の管理もしてた。モフとかピー太とか、紫織の頼みごとを全部きいてくれた。紫織にいっぱい音楽を聴かせてくれた。それしか知らない」

「……ありがとう。さっき海で話したことは、全部忘れちゃって」

「……うん」

しばらくのあいだ、靴音だけが周囲に響いた。

沈黙に耐えかねて、守生が口を開く。

「……花火大会、将弘んちで見せてやれなくて、ごめんな」

紫織が鼻をすする音が聞こえてきた。

罪悪感で心臓のあたりが痛む。血が噴き出ているみたいにズキズキしている。

守生はサヨナラの代わりになる言葉を必死で考えた。

「こんなカタチでしか守ってやれなくて、ホントごめん。でも、今スゲー自由な気分。どこで何をしてても、紫織ががんばってること考えたら、僕もがんばれると思う」

たとえ、もう二度と逢えなくても……。

「だからさ、紫織には、アウスゲラッセンでいてほしいんだ」

守生は口角をぐっと上げて見せた。

「アウスゲー」

紫織が小さくつぶやき、「わかった。元気で、豊かに生きる。……それで、それで、モリオのこと待ってるから。ずっとずっと、待ってる……」と声を震わせた。

無邪気に音楽用語で会話し、玉美川の土手を歩いた日。

あのときはこんな展開になるなんて、思ってもいなかった。

急激に目頭が熱くなってくる。

守生は両目を大きく開けて、顔にあたる風で中を乾かした。

——蒼屋の駐車場が見えてきた。

人の気配はない。車のスペースは半分ほど埋まっている。

そのどれかに、警察が潜んでいるのだろう。

恐ろしくないと言えば嘘になる。

でも、紫織のキラキラが失われてしまうことのほうが、今は恐ろしい。

大丈夫だ。檻の中にいたって、心は自由なんだから。

覚悟を決めて駐車場に足を踏み入れた。

車の列のあいだを進んでいく。各車の中を窺《うかが》ったが、やはり人がいる気配はない。

警察はどこで見張っているのだろうか？

焦りと不安で呼吸が荒くなってきたとき、左奥の白い外車のドアが開いて、運転席から男が出てきた。片手で紙袋を持っている。

「お祖父ちゃん！」

紫織が大声を出して駆け寄ろうとした。

守生は彼女の腕を取って引きとめ、三メートルほど前で立ち止まった相手に告げた。

「カネは用意してくれましたか？」

「ここにある。どうすればいいのか言え」

式田勝也が野太い声で問いかけてきた。

紫織の祖父で、桐子の父。

十六年前と変わらず眼光が鋭い。眉も鼻も太く、堂々たる物腰で立っている。黒いポロシャツにグレーのスラックスという、ごく普通の恰好なのに、堅気の男ではないような威圧感を感じる。

「こっちに投げてください。中身を確認したら、紫織さんをお帰しします」

式田が紙袋を投げて寄こした。それを片手で拾って中を見る。万札の束だ。

このやり取りを警察が見ていることを意識しながら、話しかける。

「紫織さんのボディガード代、確かに受け取りました。領収書が必要なら送ります」

守生は紫織の背中に腕を回し、身体を前に押し出した。

「違うの！　紫織が海に連れてってって頼んだの、モリオは悪くないのっ！」

紫織が式田に駆け寄りながら、大声で喚く。

「全部、紫織のせいなの！」

そこで彼女は、くるりと振り向いた。

「モリオ、紫織がバカでごめん！　本当に本当に、ごめんなさい……」

最後は、涙声だった。

「紫織、車に乗りなさい」

式田は守生を睨んだまま、威厳ある口調で命じた。

「お祖父ちゃん!」

「いいから乗るんだ。紫織の話は、あとでちゃんと聞くから」

紫織は目元を拭い、不安げな視線を式田と守生に向けてから、車の後部座席に乗り込んだ。

警察の出番は、いつなのだ?

守生は周囲を見渡した。

取り囲まれる前に、式田に言わねばならないことがある。

「通報は、していない」と、式田が見透かしたかのように言った。

「三百万くらい、くれてやってもいい。それで紫織が無事に帰ってくるならな。どうだ、お前の思惑通りだろう?」

敵を射貫くような鋭い目。守生は言葉を失った。

「だが、完全犯罪に協力する気はない。お前のやったことは誘拐だ。たとえ、紫織がそう思ってなくても、だ。すでに警察は、お前の素性を把握している。どこにも逃げられんぞ」

そして式田は、強く言い放った。

「紫織を連れて帰ったら通報する」

「その前に聞いてほしいことがあるんです」

話を続けようとしたら、車の窓から帽子を脱いだ紫織が顔を出した。

「お祖父ちゃん！　モリオは誘拐犯じゃない、紫織を助けてくれたんだよっ！」

「紫織、窓を閉めなさい。もう少しだけ、この男と話がある」

哀しそうに眉尻を下げた紫織が、式田の命令に従う。

遠くで男女の話し声と足音がした。蒼屋の客が駐車場に入ってきたのだ。

男女が入り口付近の乗用車に乗り込み、出ていくのを待ってから、式田が守生に近寄って小声で言った。

「目的は、なんだ」

「目的？」

「わざわざ電話で守生と名乗って、この場所を指定したのは、そう言えば私が通報せずに、ひとりで来ると思ったからじゃないのか？」

守生は、沈黙して次の言葉を待った。

「……お前、守生の息子なのか？」

式田が探るような眼差しを向けている。

その強力な視線から目を逸らさずに、守生は答えた。

「ええ、守生源治の息子です。昔、あなたの娘を誘拐して、この店の前で死んだのが、僕のオヤジです」

しばらく無言だった式田が、表情を変えずに口を開いた。

「私に復讐したかったのか？」

「復讐心なんてないです。オヤジは自己判断で投資して、失敗して、あなたに逆恨みをしただけですから」

そう思えるようになるまでには、相当な時間がかかったのだが、それを話す必要はない。

「なぜ、紫織を狙ったんだ？」

「出会ったのは偶然です。一緒にケガしたハトを助けました。名字が違うから、桐子さんの娘さんだとは思わなかった。紫織さんと駅前を通ったとき、ガラス張りのビルがお祖父さんの会社だって聞いたんです。それで、お祖父さんにボディガード代を請求しようと思いました。僕、仕事にあぶれてカネに困ってたんで。でも……」

嘘だとバレないように、守生は瞬きを意図的に抑えて言った。

「さっき式田さんの顔を見て、正直、驚きました。僕、オヤジが脅迫した人に電話しちゃってたんですね。式田さんの会社、昔は『STコーポレーション』って名前じゃなかった。場所も変わりましたよね。だから僕、社長が式田さんだなんて思わずに話してたんです。電話する前に、もっとよく調べとけばよかった」

これも嘘だ。すでに将弘から事実を聞いている。

しかし、矛盾はないはずだった。

守生は会社にかけた電話で、「御社の社長をお願いします」としか言っていない。その社長が〝式田だとは思ってなかった〟ことにするためだ。そうしておかないと、〝父親の復讐のために紫織を利用した〟と疑われる気がしたのだ。

「信用できん。紫織の行方不明が報道されたのに、行動が大胆すぎる」

そう言われた場合のシミュレーションも、すでにしてある。

守生はいつの間にか、警察で尋問されているような気持ちになっていた。

「そんな報道、全然知らなかった。ご心配かけて、すみませんでした。僕、テレビもネットもあんま見ないんです。もし知ってたら、紫織さんと海になんて行かなかったのに」

実はニュース番組で知ったのだが、守生のテレビは視聴履歴が残らない。パソコンでは見ていない。SNSの紫織の目撃情報も、将弘から電話で聞いただけ。

だから、将弘と紫織が黙っていてくれれば、この嘘も警察で通用するはずだった。

「……紫織は、ずっとお前の家にいたのか?」

偽らずに済む質問がきた。少しホッとしながら答える。

「いえ、夜はご自宅にお帰ししているつもりでした。近くまでお送りしたこともありました。でも、紫織さんは寺院や河原で寝てたみたいです。今日、紫織さんから聞きました。彼女の荷物を見てもらえれば、事実がわかるはずです」

式田が守生を凝視する。

守生は一瞬たりとも目を逸らさなかった。

「だが、未成年の紫織を連れ回して、カネを要求した。これは営利誘拐だ」

「そうですね。でも、わいせつ目的の誘拐に比べたら、紫織さんの傷は浅い」

守生が本音で言い返すと、式田はいぶかし気に首をかしげた。

「……紫織のためにやった、とでも言いたいのか?」

「いえ、自分のためです」

式田は穴が開くほど守生を見つめた。何もかも、見通しているかのような眼つきだった。

守生はどうしても伝えたかったことを、目の前の相手に告げた。

「紫織さん、新しいお母さんに虐待されてます。お父さんは黙認しているようです。あなたに、それを伝えたかった」

式田の眉毛がピクリと動く。

「なぜ、お前が知ってるんだ?」

「彼女から聞きました。暴力を受けているらしい。我慢の限界だったように感じました。家に帰らなかった理由も、おそらくそれでしょう。本人に確かめてください」

信じろ。あんたの孫を虐待から守りたい一心で、ここに来たのだから。

そう強く念じながら、守生はさらに言い足した。

「もうあなたにしか、紫織さんを助けられない」

しばらく押し黙っていた式田が、軽くうなずいてみせた。

「わかった。確認して対処する」

険しかった瞳に、誠実な光が宿っている。

これで紫織は大丈夫だ。この人がなんとかしてくれる。

「では、失礼します」

頭を下げて立ち去ろうとした守生を、式田の声が引き止めた。

「紫織がネットでさらし者になっている。お前もだ。ふたりの関係がはっきりしない限り、いつまでも好奇の目にさらされるだろう。だから私は、お前を通報する」

もちろんわかっている。

世間は犯人の動機を知りたがる。その理由がわかりやすいものでないと納得しない。だから僕は、営利目的の誘拐犯になると決めたのだ。

守生は思いきり力を込めて、式田の瞳を見た。

「覚悟はできてます」

——辺りが、急に静かになったような気がした。

式田が守生から視線を逸らし、どこか遠くに向けた。

想定外の穏やかな表情だった。

「この頃、よく夢を見る。お前の父親の店で、卵チャーハンを食べる夢だ。あれは安くてうまかったよ。腕のいい料理人だった。融資を頼まれたのに、断ってしまった。あの頃はうちも余裕がなくてな。でも……」

かつて父親の客だった男は、ひと息入れてから、はっきりと言った。

「私はあのとき、判断を誤ったのかもしれない」

式田が背を向けて、車のほうに歩いていく。

守生はもう一度、その背中に深く頭を下げた。

のど元から得体の知れない固まりが込み上げてくる。

その固まりが口から出てこないように、歯を食いしばって飲み込んだ。


オヤジ、今の言葉、聞いてたか？

心の中で話しかける。

桐子を連れて出ていくときに見た、情けない顔しか浮かばなくなっていた父親が、静かに微笑んでから、かき消えていった。


式田が車に乗り込んだ。

エンジン音が響き、車が動き出す。

紫織が後部座席の窓を開けて顔を出し、切迫した声で叫んだ。

「モリオ！　ローズムーンの夜だよ！　待ってるからっ！」


待たなくていいから。

もう二度と、僕のことなんて思い出さないでくれ。

「ずっとずっと、待ってるから……」

窓が閉まり、語尾がくぐもった。きっと式田が閉めたのだろう。

リアウィンドウ越しの紫織が、だんだん遠ざかっていく。

守生はその場に立ち尽くし、そっとつぶやいた。

「待たなくていいよ」

最後に紫織は、何もかも受け入れたような目で、たおやかに笑んでみせた。

憂いを帯びたその笑顔を、守生は網膜に深く焼きつけた。

車が通りに出て左に曲がり、視界から消えていった。


ごめんな、こんなことしかできなくて。ごめんな、底辺のダメ男で。

守りたいものにやっと出逢えたのに、こんなにも無力で、愚かで、情けなくて。

頼むから、明るい場所で笑っててくれ。心から幸せと感じられる大人になってくれ。

きっと、いい女になるだろうな。近寄ってくる男も多いだろう。僕みたいな板切れだけは選んじゃだめだ。この海は広い。乗り心地のいい立派な船が、いくらでも通りかかる。

僕は今、すごく自由だ。なんのしがらみもない。悩みもない。

心から守りたいと初めて思えた相手が、この空の下のどこかで生きている。それだけで十分だ。たとえもう逢えなくても、彼女との思い出だけで強くなれる。

——本当に、そう思ってるのか？

守生の中で、もうひとりの自分がささやいた。

——本当に大丈夫か？　後悔してるんじゃないか？

「うるせー、黙れ！」

大きく息を吸い込み、想いの丈を吐き出した。

「ちっきしょーっ！　返せ！　返せよ！　僕の静かな海を返せっ！　あのやろー、こんなに深く潜りやがって！　ふざけんじゃねーよっ」

駐車場の前を通りかかった中年の男が、脅えた顔をして走り去った。きっと、電波野郎だと思われたのだろう。薄ら笑いをしながら、叫んでいたのだから。

あー、かっこワリー。超絶にかっこワリい。

こんなにかっこ悪いんだから、せめてやせ我慢くらい、させてくれよ——。

札束入りの紙袋を抱えて、駐車場の外に出た。

夜空で輝く満月を見ながら、ゆるやかに歩みを進める。

歩道の片隅に何かのチラシが落ちていた。紫織の情報を求めるチラシだ。その真ん中に描かれている重要参考人の似顔絵は、守生にそっくりだった。
チラシを拾って握りしめ、近くの交番に向かう。

交番の少し手前で、立ち止まった。
入り口の上に灯る赤い光を見つめる。
もう一度だけ月を仰いでから、そっと瞳を閉じた。
紫織との日々が、猛スピードでフラッシュバックする。

墓地での出逢い。
モフを空に放ったこと。
ピー太を川に流したこと。
桐子を海に撒いたこと。
そして、紫織を守るために、今、ここにいること。
もしも、最初からやり直せるのなら……。
いや、やり直しなどしなくていい。
僕の世界は、これで完璧だ。

映画のように映し出された追憶の場面たち。スタッフ名などないエンドロールと共に、オーケストラによるエンディング曲が流れてきた。

リズムの狂った不協和音だ。耳元で大きく鳴り響いている。だが、均等なリズムの和音より、変拍子でノイジーな音のほうが、今は断然おもしろい。

これで終わりじゃない。人生という長い交響曲の、ある章が終わるだけだ。

さあ、次の章が始まる——。

目を開けたら、耳元の不協和音がピタリと止まった。

姿勢を正して、交番の入り口をくぐる。

三人の警察官が守生の顔に気づき、一斉にざわめき出す。

チューバのような重低音の声。

コルネット風の甲高い声。

トロンボーンのように伸びる声。

重なり合う声と声が、大きなうねりをカタチ創っていく。

——ならば僕の声は、遠くまでよく響くアルトサックスだ。

守生はステージに立った演奏者のごとく、腹に力を入れて音を発した。

「白部紫織さんを誘拐した守生光星です。お騒がせして、申し訳ありませんでした」

# 第六章

## 「一年後の週刊誌記事」

平成二十六年（2014年）七月の出来事

【あれから一年『新・河坂市女子中学生誘拐事件』友人が明かす犯人の素顔】

本誌が独占取材をした友人の証言を交えながら、一年前に世間を騒がせた河坂市の女子中学生誘拐事件について振り返ってみたい。（取材・文　週刊現実・編集部）

昨年七月に神奈川県河坂市で起きた女子中学生誘拐事件。河坂市在住の中学生・カオリさん（仮名）の祖父・シダ氏（仮名）に三百万円を要求した守生光星は、「営利目的誘拐罪」などの罪で起訴された。

十七年前の平成九年（1997年）十一月に、光星の父親・守生源治が犯した『河坂市女子中学生誘拐事件』を模倣したかのようなこの事件は、マスコミによって『新・河坂市女子中学生誘拐事件』と命名され、連日のように報道された。

なにしろ光星と源治は、親子二代にわたってシダ氏の娘タカコさん（仮名）と孫娘のカオリさんを誘拐し、身代金を要求したのだ。世間が注目したのも当然だった。

かつて源治が、知人だったシダ氏から強引に投資信託をすすめられ、借金を背負っていたことも報道されたため、様々な憶測を呼んだ。

ネット上ではシダ氏に対する非難めいた声もあがり、「光星は父の復讐をするために模倣犯となったのではないか」などと、妄想をたくましくする輩《やから》も現れた。

だが、光星の裁判で意外な事実が明らかになった。

まず、当初は「営利目的誘拐罪」のみならず「逮捕・監禁罪」の容疑もあった光星だが、カオリさんを監禁していたわけではなかった。

三日間行方不明になっていたカオリさんが、河坂市内の寺院や玉美川の河川敷で夜を過ごしていたことは、警察の捜査で明らかになっている。彼女は親との諍《いさか》いがきっかけで、衝動的に家出をしていただけだったのだ。

しかも、驚くべきことに光星は、カオリさんが〝シダ氏の孫でタカコさんの娘〟だとは思っていなかった。タカコさんが結婚して名字が変わったことや、娘を産んだのちに亡くなったことを、彼は知らなかったのだ。にもかかわらず、奇《く》しくも十七年前に父親が脅迫した相手に、金銭を要求してしまったのである。

そもそも光星とカオリさんは、怪我を負ったハトを一緒に保護したことから親しくなったという。カオリさん自身も、「祖父に金銭を要求していたなんて知らなかった。行く当てのなかった自分に、とても親切にしてくれた」と語ったそうだ。

また、光星が商品管理をしていた店の経営者も弁護側の証人として出廷し、「ふたりが一緒にいるのを見たことがあるが、カオリさんが光星から何かを強制されている様子はなかった。むしろ頼っているようだった」といった内容の証言をした。

光星は裁判で、「仕事がなくて金銭面で困窮していた。事件の三日前、カオリから葉山に連れていってほしいと頼まれたとき、家族に金銭を要求することを思いついた。カオリの家は裕福そうなので、三百万円なら支払い可能と考えた。カオリが家出中で捜索願が出ていたことは知らなかった。シダから金銭を受け取った際に『通報する』と言われ、自分の似顔絵が重要参考人としてチラシに載っているのを見て、恐ろしくなって出頭した」などと語った。

検察側は「シダ氏への恨みがあったのではないか」と光星を追及したが、光星は「恨みなどない。カオリと知り合ったのは本当に偶然。シダとレストランの駐車場で会ったとき、カオリがシダの孫だと気づいた」と否定した。

カオリさんの両親ではなく祖父のシダ氏に電話をした理由については、「カオリは両親より祖父と仲がいいと言っていたので、祖父に金銭を要求するのが確実だと考えた」と述べた。

また、シダ氏への電話で守生と名乗り、父親の事件と同額を同じ場所に持ってこさせた理由は、「通報されるとは思わなかったので、本名を名乗った。父のことはまったく意識してなかったが、もしかしたら、父がシダにかけた電話の内容を覚えていたため、無意識に真似てしまったのかもしれない」と答えた。

一方、シダ氏は何を語ったのか?

シダ氏の証言やマスコミ取材に対する発言をまとめると、彼は「三百万円で孫娘を無事に帰してくれるなら」と思い、警察には届けずに指定場所に行ったという。

また、十七年前、父親の源治に金銭を要求され、あわてて通報した結果、源治が目の前で死亡してしまったことも、通報をためらった理由だった。

さらにシダ氏は、「光星が復讐目的で孫に近づいたとは思わなかった。孫の祖父が自分だったとは、本当に知らないようだった。単にカネ目当ての浅はかな男だと思ったので、孫の安全を確認した時点で、警察に通報すると告げた」と語った。

シダ氏とカオリさんに詫び状を書いたという光星は、「今は申し訳ないという気持ちしかありません。真摯に罪を償うことで、お詫びをしたいと思っています」と、裁判長の前で深く頭を下げた。

裁判長は、「きわめて身勝手で動機も利己的。刑事責任は重大である」などと述べ、懲役五年六月（求刑七年六月）を言い渡した。

本人が出頭して猛省していることや、カオリさんに暴力やわいせつ行為を働いていないことなどが、減刑判決の理由だった。

しかし、この結末に疑問を唱える人物が現れた。

光星を昔から知る、友人のK氏だ。

K氏はこう語る。

「守生光星は、つましく暮らす真面目な青年でした。いつも自炊を心がけ、ときには友人たちに手料理を振る舞っていたんです。また、素晴らしいサックス奏者でもありました。ハトを一緒に保護したカオリさんにも、河原でサックスを聴かせていたようです」

K氏から見た光星は、幼くして両親を亡くし、〝誘拐犯の息子〟という十字架を背負って懸命に生きていた、愚直な男だった。助けを求める少女を庇護することはあっても、その状況を利用して金銭を要求するなど、絶対にありえない、というのだ。

「たとえば、こうは考えられないでしょうか。カオリさんの行方不明が報道されたとき、『監禁されている』『わいせつ目的の誘拐だ』とネット上で騒がれてしまいました。光星と一緒にいた画像も拡散されたため、ふたりを性犯罪の容疑者と被害者と思い込んだ人も多かったはずです。きっと光星は、自分たちが置かれている状況を知っていたんですよ」

裁判で光星は「何も知らなかった」と言っていたが、それは嘘だったのではないか。もしかしたら、誰かから聞いたのかもしれない。その人さえ何も言わなければ、彼が「知っていた」と証明することはできない、とK氏は力説する。

「光星は営利誘拐犯として裁かれることで、ネットで広まったわいせつ目的の誘拐疑惑を払拭しようとしたんです。そのために、初めから捕まるつもりでシダ氏に金銭を要求したのだと、私は思っています。どうか思い出してほしいんです。光星が営利誘拐犯として報道されたから、カオリさんに対する性犯罪被害者のイメージは消えていったんですよ」

もちろん、これはK氏の憶測にすぎない。

自ら犯罪をねつ造する男など、いるわけがない、警察や裁判所が嘘を見抜けなかったはずがないと、異論を述べたくなる人もいるだろう。

「でも、そう思うのは、物事をひとつの側面からしか見ていないせいかもしれませんよ。司法の番人たちだって人間。間違うことだってあると思うんです。それに、人が人を百パーセント正しく裁くことなど、果たしてできるのでしょうか?」

最後にK氏は、記者に向かって静かに疑問を投げかけた。

（週刊現実オンライン　2014年7月1日号より）

※

「モリオ、これが真相なんだろ？」

パソコンの前に座る笠井将弘が、モニターを眺めながらつぶやいた。

K氏として取材に応じた、週刊誌のネット記事だ。


ドンッ、ヒュルルル——

花火の上がる音がした。窓の外に目を向ける。

八尺玉の花火だ。空に一瞬だけオレンジ色の光の花が浮かび、儚《はかな》く消えていく。河坂の夏の風物詩が、今年も始まったのだ。

――来週の花火大会にオレんちにおいでよ。モリオと――

一年前、紫織との果たせなかった約束。

彼女も今頃、どこかで空を見上げているかもしれない。

将弘はタワーマンションの部屋でひとり、夜空を彩る光を見つめ続けた。

# 終章

# 「薔薇月の夜に」

令和元年（２０１９年）八月の出来事

## 1

紫織の誘拐事件から、およそ六年の月日が流れた夏の日の午後。
守生は最後のダンボール箱を、部屋に運び込んでいた。
小さなアパートの二階。玄関を開けるとすぐ台所で、奥はフローリングの六畳ひと間。
窓を開けて見えるのは隣家の壁だけだが、日当たりはそれほど悪くない。
リフォームしたばかりなので、新しいクロスの匂いが漂っている。
「意外と早く終わりそうだな」
ダンボール箱が積まれた六畳間をケンが見回す。
相変わらず長髪だけど、髭はスッキリと剃《そ》られている。

守生はダンボール箱のひとつを開けながら、「荷物が少ないですから」と言って額の汗をぬぐった。備え付けのエアコンは稼働しているのだが、こうして動いていると汗が湧き出てくる。

ケンが「まあな」と受けながら、ポケットからタバコの箱を取り出した。

「ここは禁煙」

台所からお盆を手に入ってきた女性が、ケンをたしなめる。

ケンの妻、和代《かずよ》だ。

ふくよかな体形に明るい笑顔。白いエプロンがよく似合う。

「お前の部屋じゃないだろう」

「モリオは吸わないんだから、少しは気を遣いなさいよ」

和代に言われて、ケンはしぶしぶタバコの箱をポケットに戻す。

「休憩しましょ。ちょっと奮発して、和菓子買ってきたの」

「うわー、きれいっすねー」

紙皿の上に盛られた、色とりどりの生菓子。食べるのがもったいないくらい、ひとつひとつが芸術的に美しい。

フローリングの床に直に座り、三人で紙コップの冷たい緑茶を飲む。

「あー、ビール飲みてえな」

ケンが茶をすすりながらつぶやき、和代にギロッと睨まれて首をすくめる。

「私とやり直すとき、アナタ、なんて言ったの？」

「……酒、やめる」

「で、やめたわけ？」

「……深酒はな」

「やめてないじゃない！」

和代に頭が上がらないケン。会話を聞いているだけで心が和む、おしどり夫婦だ。

守生は出所してからしばらくのあいだ、ふたりの家に身を寄せていた。だが、いつまでも甘えるわけにはいかないので、同じ街にあるアパートに引っ越すことにしたのだった。

「あ、雑巾洗うの忘れてた」

和代が台所に戻っていく。

鶯色《うぐいすいろ》の生菓子をひと口食べたケンが、「サックス、調子良さそうだな」と言った。

彼の視線は、部屋の片隅にある黒革のサックスケースに注がれている。

「おかげさまで、まだまだ暴れてくれそうです」

六年前、ネットカフェの前で預けたアルトサックス。ケンが修理に出し、ずっと手入れをしてくれていたので、今でも十分いい音が出る。

「何度も言うけどよ、俺はあんな重いもん抱えて警察をまいたんだからな。火事場の馬鹿力って、本当にあるんだと思ったね」

ケンが小声でささやいた。

「今だから言いますけど、僕も警察で訊かれたんですよ。エアガンの男は誰だ、誘拐と関係があるんじゃないかって。でも、『関係ない。河原で暮らしてた音楽好きの知人に偶然会って、楽器を預けただけ。実は彼の本名すら知らなかった。エアガンが暴発したせいで逃げ出したんじゃないか』って言い通したんです。だって、それが客観的な事実ですからね。僕、ケンさんのこと、本当に何も知らなかったし」

和代に聞こえないように、声を潜めて会話をする。

「リバーサイドの仲間も日雇いの連中も、俺の素性は知らなかった。たとえ何か知ってても、警察にペラペラ話すようなやつらじゃない。そう思って逃げたんだけどよ、モリオの事件を知って、逃げてる場合じゃねえって思ったんだよ。俺も警察で言い通したわ。『警官が来たから、子どもから預かってたエアガンを届けようとしたのに、取り出したら暴発したんだ』ってな」

ケンが生菓子を平らげて、ニヤリと笑った。

「モリオー、ゴミ袋ってまだあるー?」

台所から和代の声がした。

「あー、買わないとないです」

「じゃあ、買ってくる」

パタンパタン、ギギ、バタン。

扉が閉まる音がした途端、ケンが再びタバコを取り出し、一本くわえて火を点けた。

守生はわずかに緑茶の残った紙コップを差し出しながら問いかけた。

「ケンさん、エアガンのこと、もう少し訊いてもいいですか?」

「おお。和代の前じゃあ、堂々と話しにくい話題だもんな」

しゃべりやすいように、和代が気を利かせてくれたのかもしれない。

彼女は、そういう人だ。


警官の前でエアガンを発砲したケンは、川沿いのビニールハウスには一度も戻らずに、和代の元へ帰ったという。

しかし、守生の事件を報道で知り、自ら警察に出向いたのだった。

守生も警察の取り調べで、ケンとの関わりを明かしていた。紫織と知り合った経緯を細かく訊かれたからだ。

紫織とハトのモフを助けたこと、モフを父親のエアガンで撃ったマナブのこと、ケンがマナブからエアガンを取り上げたことも、言わざるをえなかった。

もちろん、話したくて話したわけではない。

でも、もしもケンが捕まってしまったら、ヘタな隠し事は余計に怪しまれ、ケンが誘拐の共犯者にされてしまうかもしれない。

そう考えた上での、苦渋の判断だった。

「……ずっと気にかかってたんです。ケンさんはなんで、あのエアガンを隠してたんですか？　あれ、違法改造なんて、されてなかったんですよね？」

「そう、俺のカン違い。発砲音がしたから、実弾が打てるように改造したのかと思ったんだよ。モリオたちと別れたあとで調べたら、オモチャ用の火薬を仕込んであっただけだった。マナブのイタズラだ」

遠い目をしながら煙をくゆらせる。

「でもよ、あいつに返すなんてできねえだろ。十八禁のエアガンだったし、また動物狙うかもしれねえし。かといって、マナブの親父に苦言を呈すとか、めんどくせえことはまっぴらだ。だから、マナブには危険な銃だと思わせて、ペットボトルのエアガンを作ってやる約束をしたんだよ。要するに、物々交換ってやつだ。警察にはそう思ってもらえなくて、詐欺師になっちゃったけどな」

またタバコを吸い込み、煙を勢いよく吐き出した。

「まあでも、詐欺で捕まって当然だわな。俺もあれに火薬仕込んで持ち歩いてたんだから。実はさ、俺もコルト・ガバメント、派手に鳴らしてみたくなっちまったんだ。マナブみたいにパーンッてな。楽器とか武器とか、器のつくモンを鳴らすのが好きだったんだよ。警官の前で鳴らしちゃったのは、さすがにマズかったけど」

「おかげで紫織と海に行く約束が果たせました。ありがとうございました」

「いや、礼とか言われる話じゃねえから。武のつく器だけは、もうコリゴリだわ」

ケンが笑う。この笑顔に、守生は何度も助けられていた。

「でも、カン違いで良かったです。本当に違法改造のエアガンだったら……」

「俺もマナブの親父も銃刀法違反。完全にアウトだ」

警察に押収されたエアガンのネット販売履歴から、持ち主がマナブの父親だったことはすぐに判明した。父親は息子への監督不行き届きで、警察から厳重注意を受けたようだ。

マナブから取り上げたエアガンを路上で発砲したケンは、詐欺罪と軽犯罪法違反で起訴されたが、前科がなかったこともあり、執行猶予となっていた。

「……マナブもう、大きくなったんだろうなあ。あいつ、エアガンでハト撃ったのがバレたから、児童相談所でこってり絞られたはずなんだよな」

「僕のせいで、みんなに迷惑かけちゃいましたね……」

しんみりとつぶやいた守生に、ケンは「モリオのせいじゃねえよ。みんな自業自得だ」

と言って、短くなったタバコを紙コップに入れた。


ケンとの運命の糸は、獄中の守生に届いた一通の手紙が繋いでくれた。

〈守生光星様
店をやることに決めた。楽器も預かってる。そこを出たらうちに来てくれ。
『酒とバラの日々』が好きな三上健介〉

守生が出所して最初に訪れたのが、手紙に記されていた埼玉県の住所だった。

年季の入ったマンションの一階。廊下の突き当たりにある部屋の玄関チャイムを押すと、ケンが笑顔で迎えてくれた。以前とは別人のようにカッコよく見えたのは、欠けていた前歯に差し歯を入れていたからだろう。

三上健介《みかみけんすけ》という本名を持つケンは、目尻にシワを作りながらこう語った。

「モリオが紫織を守ろうとしてたことが、俺にはわかった。俺はお前から預かったアルトサックスを、守らなきゃなって思ったんだ。でもよ、リバーサイド暮らしじゃあ、湿気で楽器が錆《さ》びちまう。だから、一からやり直すことにしたんだよ。ありがたいことに、和代も待っててくれたからな」

大手保険会社で働いていたという和代は、いきなり訪れた前科者のことを、手料理で精一杯もてなしてくれた。

三人ですき焼き鍋をつつき、酒を酌《く》み交わす。

それは、家族のいない守生にとって、奇跡のような団らん風景だった。

「うちのバカ亭主が、本当にお世話になりました。この人ね、息子を病気で亡くしてから、自分も亡霊みたいになっちゃったの。で、そのまま行方知れずになっちゃって……」

和代が守生から視線を逸らし、居間に飾ってある遺影に目を向けた。

中学校の制服姿でこちらを見つめる、前髪が長めの少年。

その手には、トランペットが握られていた。

ケンの亡くなった息子も、吹奏楽部に所属していたのだ。

「サックスのケースを持って帰ってきたとき、ああ、やっと生き返ったんだな、って思った。ただね、店をやりたいなんて無茶なこと言い出して……。バカは治ってなかったのね」

朗らかに話す和代に、「そんなバカの博打みてえな夢に付き合って、会社を辞めたお前こそバカだよな」とケンが明るく言い返す。

本当にお似合いの夫婦だ。自然に頰がゆるんでいく。

ハッピーエンドに相応《ふさわ》しいエモーショナルなメロディが、守生の脳内で流れたとき、ふと思った。

もしかしたら、ケンは自分の中に亡き息子の面影を見ていたのかもしれない。だから六年前、自分をあんなにも庇い、危険を冒してでもサックスを預かってくれたのではないか――。

「モリオ、遠慮しないで肉食えよ」

「まだまだあるから。たくさん食べて」

ケンと和代の、温かい笑顔。モリオは遠慮したくなる気持ちをこらえ、ふたりの好意を素直に受け入れようと決めたのだった。

ケンたちの店は、すでにオープンしていた。

繁華街の古びたビルの五階。『ＫＥＮ』と記された看板。昔ながらのカラオケパブのような店内。

しかし、その店はなんと、ギターの生演奏が入る半生演奏のカラオケパブだった。

マスターのケンがギターを担当し、ママの和代が接客をする。

音響機材がセットされた小さなステージには、銀色のサックスが飾られている。

そのアルトサックスこそ、守生が預けたマーク７だった。

「なあ、うちの店でサックスやってくれよ。モリオ、俺に借りがあるだろ」

ニヤリと笑ったケンの申し出を、守生はありがたく受けることにした。

泣きそうになったくらい、うれしかった。

現在は、ホールスタッフ兼サックス奏者として働いている。カラオケの音源に合わせて、ケンが即興でギターをかき鳴らし、守生がサックスを吹く。

ケンは守生の予想通り、素晴らしいギターテクニックの持ち主だった。

『ＫＥＮ』の客は、守生が昔働いていた『歌ラブユー』とは違い、ロック系のリクエストが多い。ケンが昔、インディーズ系ロックバンドのギタリストだったことも関係しているようだ。

毎晩、往年の洋楽ロックから最新の邦楽ロックまで、ひっきりなしにリクエストが入る。刑務所にいたあいだの曲はよくわからないが、前奏でコード進行を把握すれば、アドリブはすぐに入れられる。

守生はケンとセッションすることを、心から楽しんでいた。


部屋の片付けがほぼ終わった。

「じゃあ、引っ越し祝いだ。モリオ、飲みに行くぞ」

ケンが目元に笑いジワを作る。

「……しょうがないわね。今日は特別だから、飲んでもよし」

和代が福々しく微笑む。

定休日なのに引っ越しを手伝ってくれたふたり。好意は本当にありがたいのだが……。

「すみません、今日はちょっと……」

守生は恐縮しながら、引っ越し祝いの申し出を断った。

「なんだよ、どこ行くんだよ」

「毎日私たちと一緒だったから、解放感に浸りたいのよ。ねえ？」

「いや、友だちと会うんです。あと……」

守生は申し訳なく思いながら、正直な気持ちを打ち明けた。

「なんか、海が見たくて」

ケンと和代は、それ以上、何も訊ねてこなかった。

アパートの前で、ふたりと別れた。

「ありがとうございました」

「おう、また明日な」

守生は手を上げるケンたちに頭を下げ、サックスケースを持って駅を目指した。

## 2

河坂駅に着いたのは、午後五時だった。

東口のロータリーまで、懐かしさを噛みしめながら歩いていく。

ロータリーの向こう側に、ガラス張りのビルが見える。西日の反射が眩しい。

ビル内のオフィスにいるであろう式田の姿を想像し、少しだけ口角を上げた守生の前に、赤い国産ハイブリッドカーが停まった。

運転席の窓が開いて男が顔を出す。

——将弘だ。

「久しぶり！　モリオ、かなり痩せちゃったんじゃね？」

「そうか？　将弘は変わんないな。むしろ若返った気がする」

「いやー、この一年間、ずっとアメリカにいたからさ。オレもすっかり洗練されちゃったかなー、なんてな。ま、乗ってよ」

相変わらず、メンズファッション誌から抜け出してきたような恰好だけどな、と守生は心の中でツッコむ。

サックスケースを後部座席に置き、助手席に乗り込んでシートベルトを締めると、車がなめらかに動き出した。まだ新しい本革シートの匂いがする。

「車、買い替えたんだ」

「おう、アメリカに行く前にな。だから、ほとんど乗ってないんだよね」

ご機嫌な調子で将弘がハンドルを切る。

「今日はゆっくりできる時間がなくてごめん。これから横浜で打合せしたら、また向こうに戻らなきゃいけなくて」

「出所後の再会がドライブってのも、悪くないと思う」

「だろ」と言いながら、将弘が片手でカーオーディオを操作する。

テクノとロックが交ざったようなサウンドが流れてきた。歌詞は英語だ。

「これって、お前のバンドだよな。アメリカでうまくいってんの?」

「やっとスタートラインに立ったって感じかな。勝負はこれからだ」

前を向いたまま将弘が言う。

いい顔になったな、と守生は思う。

将弘は、インディーズバンドのマネージャーとなっていた。守生が事件を起こした日の朝、電話口でCDをかけたバンドだ。

メンバーたちは順調にファンを増やし、アメリカでデビューを果たしていた。

「あのさ。出所のとき、迎えに行けなくてごめんな。帰国できなくて……」

「やめてくれよ、カユくなる」

「本当は門の前で待ってて、『お勤め、ご苦労様です』って言うつもりだったんだよ」

「任侠映画かよ」

「似合わなすぎるよな」

二人で笑い合っていると、六年間の空白などなかったような気がしてくる。

車は玉美川沿いを走っている。

暮れ始めた空。流れていく雲。

数羽のハトが飛んでいるのが見える。

——僕は今、完全に自由だ。

守生はあらためて、解放感に浸っていた。

「それにしても……」

将弘はふっと笑い、おどけた口調で言った。

「モリオがまさか、あんなスゲー方法で紫織ちゃんを助けるとはなあ。マジで驚いちゃったよ」

「将弘が黙っててくれたからだ。感謝してるよ」

「警察で本当のことしゃべりたくなって、ウズウズしたけどな」

守生の逮捕後、知人として警察から事情を訊かれた将弘は、電話で頼んだ通り「何も知らない」と言ってくれた。証人で裁判所に出廷することもなかった。

守生を担当してくれた国選弁護人は、情状証人として将弘を出したがっていたようだが、「刑に服すつもりなので、情状証人は必要ない」と強く主張しておいた。

そうまでして将弘を遠ざけたのは、もちろん「迷惑をかけたくない」という気持ちがあったからだが、それ以外にも重要な理由があった。

身代金誘拐の動機を、「仕事がなくてカネに困っていた」とするためだ。

将弘が守生に仕事を紹介しようとしていたことが明らかになったら、動機に矛盾が生じてしまう。そうなると、「式田への復讐心が克明にあった」とされかねない。

紫織に〝復讐された悪党の孫〟というダークなイメージがつくことは、絶対に避けたかった。あくまでも、〝短絡的でバカな男がやらかしたマヌケな誘拐〟に仕立てたかった。

そのために、「紫織が式田の孫だとは知らなかった」と最後まで偽り続けたのだ。

——犯罪の印象が軽ければ軽いほど、紫織の傷は浅くなるはずだ。

守生はそう考えていた。

「後ろにいるマーク7、元気?」

将弘が訊ねてきた。

「ああ。かなり長生きしそう」

「モリオが大事にしてるからだな」

「一生大事にするよ」

フランスのトップメーカー、セルマーのマーク7。

このアルトサックスを手に入れたときのことは、今でも克明に憶えている。

中学一年生の秋。誘拐事件を起こした父親が死んで、守生の人生は一変した。親戚から付き合いを絶たれ、近所の人、学校の友だち、誰もがよそよそしくなった。

僕の人生も終わったな……。

何もかも諦めてしまいそうになっていた。

河坂から長野の児童養護施設に行くことになり、放課後の中学校に荷物を取りにいった日の帰り道。学校の近くにある公園の前に、将弘がぽつんと立っていた。

守生が通りかかるのを、先回りして待っていたようだった。

将弘のことは小学校の頃から知っていたのだが、クラスが違ったため、ほとんど口を利いたことがなかった。中学の吹奏楽部で同じアルトサックス奏者になったときから、ライバルとして意識するようになり、学校対抗の吹奏楽コンクールに、どちらが出場するのか張り合ったりもした。

「親に楽器を買ってもらった」と聞いたときは、うらやましさで何度も唇を噛んでしまった。守生の家には金銭的な余裕がなく、学校の楽器を借りるしかなかったからだ。

金持ちの息子だけど、気取りなど一切ないクラスの人気者。

そんな将弘がまぶしくて、少し妬ましくて、ずっと距離を取っていたのだが……。

無人の公園に守生を誘った将弘は、いきなり持っていたサックスケースを差し出してきた。

「これ、オマエのほうが相応しいと思う。オレよりずっと才能があるから」

質も値段も最上級の、買ってもらったばかりのサックス。簡単に手放せるはずがない。いかにも大切そうに扱っていたのを、守生は知っていた。

「気持ちだけもらっとく」と告げると、将弘はこう言ったのだ。

「タダであげるなんて言ってない。今、モリオが持ってるカネで、これを買い取ってほしいんだ。いくらでもいいから」

そんなことをしたら、親にめちゃくちゃ怒られるだろう。それに、君の同情なんか、いらないから。

口から出かかった言葉は、相手の震える声にさえぎられた。

「……お、オマエの音、最高なんだからさ。何があっても、サックス、やめないでくれよ。頼むから、買い取ってくれよ……」

将弘は泣いていた。ケースを手にしたまま、顔をくしゃくしゃにして。

守生もいつの間にか、声をあげて泣いていた。

人前で涙なんて、絶対に流さないと決めていたのに。

泣くことは、自分の何かを否定することなのに。

それなのに、とめどなく涙が流れてきた。

父親の事件以来、ずっと封印していた感情が、あふれ出てきた瞬間だった。

こんな自分にも、仲間がいたのだ。最後まで、気にかけてくれるヤツがいたのだ。

その事実だけで、強く生きていける気がした。

守生は涙をぬぐって、ポケットから小銭を出した。

百円玉が三枚しかなかった。

「これしかないや」とつぶやくと、将弘は「十分だよ」と言って、三百円と引き換えにケースを渡してくれた。

そして、「またいつかサックス聴かせてくれよな」と泣き笑いを浮かべ、守生が「ありがとう」と言う前に、その場から走り去った。

将弘のお蔭で、転校先でも臆せずに吹奏楽部へ入ることができた。

サックスを吹き続けることが、彼への恩返しになるのだと、勝手に思っていた。だから、このビンテージとなったマーク7は、守生にとって何ものにも代えがたい宝物なのだ。

出頭するときは二度と触れないかもしれないと覚悟していたのだが、このサックスや将弘との縁は、そんなに柔なものではなかったようだ。

「考えてみたら、昔から将弘に助けてもらってばっかだな」

「お互い様だよ。オレだって、モリオに危機一髪のところを助けられた」

将弘はうっすらと笑みを浮かべて、ハンドルを握っている。

「……えーと、それはなんの話だ？」

「小学六年のときだよ。オレ、道案内してたじゃん、七三分けの男」

「七三分け？　あっ……」

顔立ちは整っているけど、根暗な感じのスーツ姿の男が、ぼんやりと浮かんできた。その隣には、楽しそうに笑う幼い将弘がいる。

「思い出した？」

将弘は真っすぐ前を向いたまま、話を続ける。

「あのときオレ、知らない男に『近所の団地まで案内してほしい』って頼まれて、連れてくとこだったんだ。そしたら途中でモリオと会った。モリオが『どこ行くの?』って話しかけてきたから、男はあわてて逃げてった。わざと声かけてくれたんだろ?」

「ああ。前にも見たことがあるヤツだったんだ。あの辺りをうろうろしててさ。なんか怪しいなと思って……」

「やっぱな。オレ、バカだから疑いもしなかった。人助けだと思ってた。……でも、あのすぐあとに男が捕まってさ」

「えっ?」

「千葉で小学生の男の子を誘拐したんだ。いたずら目的で。ニュースで見て腰が抜けそうになったよ。ショックで誰にも言えなかった。これ、カミングアウトな」

「そんなニュース、知らなかった……」

「あのとき、モリオが声をかけてくれなかったら、オレの人生、変わっちゃってたかもしれない。だからさ、オマエはオレの恩人なんだよ」

予期せぬ将弘の告白。何を言えばいいのかわからなくて、守生は黙り込む。

「――曲、変えよっか」

将弘がカーオーディオを操作する。チューバとユーフォニウムのユニゾンが流れてきた。

ホルスト『吹奏楽のための第一組曲』。

中一の秋、吹奏楽部の定期演奏会で、将弘と一緒にこの曲を演奏したときのことを思い出す。

守生はソロパートの多いファーストサックスで、将弘がセカンドサックス。

会場の前列中央に陣取った守生の父親が、目を細めて息子の晴れ姿を見守っていた——。

聴き終えたあと、守生はそっとつぶやいた。

「誰にでも、いろんな過去があるんだよな」

「あるある。だから今があるんじゃね?」

微笑んだ将弘が、BGMを自分のバンドに戻した。

3

信号待ちで車が停まり、守生のポケットでスマートフォンが振動した。取り出して耳に当てる。

「もしもし」

『モリオ？　来週の木曜日に会えない？　ランチしようよ』

「あー、たぶん大丈夫」

『報奨金もらったから、いつもより多く返せる』

「無理すんなよ」

『あたし、借りは返すタイプだから。じゃ、いつものカフェに午後一時ね』

「わかった」

通話を終えてスマホをポケットに戻す。

「さすがのモリオも、スマホを持つようになったんだな」

将弘が守生の顔をチラ見する。

「まあ、あれば便利だなって今は思う。ネットもすぐ見れるしね。ＳＮＳだけはやりたくないけど。あと、エゴサーチってやつも」

「だよな。やんなくていいと思う」

将弘がＢＧＭに合わせて歌い出す。英語のイントネーションは完璧だ。

車が大きな立体駐車場の横を通りすぎた。

「そうだ、知ってた？　モリオが住んでた家さ、コインパーキングになっちゃったんだよ」

「みたいだな」

「一階にあったサロン、横須賀に移転したらしいぞ」

「知ってる。去年、相模原《さがみはら》に二号店がオープンした」

「……モリオ、何気に事情通だな」

「友だちが二号店で働いてるんだ」

「女友だち？」

「そう。いま電話くれた相手。葵っていうんだけど」

「いい女？　独身？」

「うん。彼氏募集中だって言ってた。今度紹介する」

「マジで！　絶対だからな。今の言葉、忘れないからな」

「わかったよ」

将弘はいかにも楽しそうだ。守生の口も自然にゆるんでいく。

「葵ちゃんかあ。前からサロンにいるの？　オレも見かけたことあるかなー」

「僕があの家にいた頃は、別の仕事してた」

「じゃあ、モリオがオーナーの美魔女に紹介したんだ」

「いや、違う。それにはいろんな事情があって……」

「事情？」

葵や夕華について、話してもいいのか一瞬迷ったが、将弘にだけは真実を語っておくことにした。

「もう終わったことだから全部言う。でも、ここだけの話にしてくれ」

警察の捜査で事情を訊かれた葵は、将弘と同様に「何も知らない」と言い張ってくれたそうだ。

もしも葵が真実を告白していたら、事件前にいんちきパワーストーンの件で夕華から百万円を受け取ったこと、それを葵に渡したことまで、明らかになっていたかもしれない。

それはそれで、守生がカネに困っていた事実に変わりはないため、紫織を守る計画に支障はなかったはずだった。ただ、夕華に迷惑をかけるのは本意ではなかったので、沈黙を貫いてくれた葵には、ずっと感謝をしていたのだが……。

「モリオ……あたしのせいで犯罪者になっちゃったんでしょ？」

出所後、初めて待ち合わせしたカフェで、葵が意外な告白をしてきた。

彼女は紫織の誘拐事件を知ったとき、自分が守生に言ったことを思い出したという。

（被害者が通報しないで身代金を渡した完全犯罪もあるらしい。三百万円くらいなら親が払うのではないか）と。

そして、自分に百万円を渡したせいでカネに困った守生が、あの言葉通りに事件を起こしたのではないか、と思ったそうだ。

「あたし、怖くなっちゃったんだよね。教唆犯《きようさ》っていうんだっけ？　そそのかしただけでも罪になるってやつ。だってあの頃のあたし、紫織って子を誘拐して親に身代金を要求したら、いくら払うかな……なんて考えてたんだもん。だから、守生のことはよく知らないって言い通したの。ずるいよね」

「いや、葵は本当に関係ないんだ。僕がうかつだっただけで……」

「いいよ、わかってる。あたしのこと警察には黙っててくれたんでしょ。モリオはそういうヤツだもんね」

それ以上、葵は守生の説明を聞こうとはしなかった。あくまでも、守生が自分をかばっている、というストーリーにしておきたいらしい。

それはそれでいいか、と守生は達観している。

——その葵がなぜ、夕華のサロンで働くことになったのか？

誘拐事件で守生が起訴された直後、それが自分のせいでもあると思い込んでいた葵は、守生が住んでいた家の前に行き、ベランダを見上げて涙ぐんでいた。

そんな彼女に「大変なことになっちゃったわね」と声をかけたのが、一階のサロンから出てきた夕華だった。

「いろいろ辛かったでしょう。私、弁護側の証人になる予定なの。モリオくんは欲深い人じゃないから、何か事情があったんじゃないかな」

夕華は心配そうに言った。

（この人は信用できる）と直感した葵は、警察には内緒にしてほしいと頼んでから、夕華にすべてを打ち明けた。

守生とのあいだに起きたこと、百万円を受け取ったこと、サロンをSNSで誹謗《ひぼう》して炎上の火種を投下したことも。

泣きながら謝る葵に夕華は、「もしよかったら、うちの店で働かない？　ここは傷ついた女たちの駆け込み寺だから」と提案し、包み込むような笑みを浮かべたそうだ。

「そのとき、なんか運命的なものを感じたんだよね」

葵は迷うことなく、サロンで働くことにした。

元美容師でシャンプーとマッサージが得意だったという彼女は、夕華から伝授されたストーンセラピーの技術を即座にマスターしてしまった。

今では指名客も増え、夕華から重宝されているそうだ。

「夕華さんってホントすごいの。このあいだもさ、『この世の女たちを救う癒しの女神』なーんてタイトルの記事が雑誌に出たりして」

うれしそうに話す葵の瞳が、とてもキラキラしていたので、守生もなんだかうれしい気持ちになった。

サロンで働くようになった葵は、無駄な買い物をすることもなくなり、借金もほどなく完済。今では守生と会うたびに、一万円とか二万円とか、少しずつカネを差し出してくる。受け取ると、その金額を手帳に細かく書きとめていく。六年前に守生が渡した百万円を、全額返済するつもりらしい。

本当に、〝借りは返す女〟なのだろう。

「――モリオもさ、仕事がすぐ見つかってよかったよね。ずっと半生カラオケで働くつもりなの？」

葵からそう訊ねられたとき、守生は少し考えたあと、「いつか、自分の店が持てたらいいなって思ってる」と答えた。

「どんな店？」

「海辺のカフェとか、いいよなあ。僕のストーンアートを飾って、ＢＧＭも自分で選んで、夜はサックスの演奏なんかしちゃって。ちょっと和風の、レトロな感じの店がいいな」

「いいじゃん。あたしも応援するよ」

アゴの下で揃えた茶髪を片手でかき上げて、葵が顔をほころばせた。

アクセサリーのジャラジャラする音は、もう聴こえなかった。

爪もマッサージのためなのか、短く整えられている。

守生は、自分が口にした「海辺のカフェ」のアイデアに、心が沸き立つのを感じた。

そうだよ。ケンさんだって一念発起したんだから、僕にだってやれないはずないんだよ。

いつか絶対に、どこかの海辺で自分のカフェを開こう。サックスを飾って、海で拾った石のアート作品を飾って。

でも、ゴールドのストーンアートだけはやめておこう。

〝ゴールドのストーンアート〟のあたりで、夕華に手錠を見られたことを思い出した。守生はその件を笑い話として語り、「夕華さんに通報されるかと思った」と苦笑した。

すると葵は、真顔になって言ったのだった。

「通報するわけないよ。だって、夕華さんが一番大事なのはサロンだもん。二階に住んでる男が凶悪犯になったら、サロンのイメージが悪くなるじゃない。しかも、モリオは元バイトスタッフなんだからさ。あの事件のあと、夕華さん、スタッフたちに箝口令《かんこうれい》を出してたみたいだし」

そのとき、守生はしみじみと考えた。

自分が二階に住む元スタッフじゃなかったら、夕華に通報されていたかもしれない。夕華が本店を横須賀に移転させたのも、僕に建物自体の波動を激しく乱されたと感じたからではないだろうか。本当に、申し訳ないことをしてしまった……。

でも、どんなに大きなマイナスでも、それをバネにしてプラスに変えてしまうパワーが、夕華にはある。

弁護側の証人として出廷した夕華は、「彼に管理してもらっていた商品の扱いを変更したので、予定よりも早くバイトを辞めてもらうことになった。そのせいで、おカネに困ってしまったのかもしれない」と、守生の犯行動機を裏付けるような証言をした。

もちろん、弁護士と打ち合わせた上での証言だし、すでに葵から話を聞き、守生が百万円を持っていないこともわかっていたので、堂々とそう言えたのだろう。

さらに夕華は、「真面目で信用できるスタッフだった」と、被告人をかばうような発言もしてくれた。

感謝の気持ちを抱くと同時に、大胆不敵な人だと畏怖もする。

おそらく、守生が紫織を守りたかったように、夕華もサロンを守り抜きたかった。元スタッフが起こした誘拐事件の印象を軽くして、サロンのイメージダウンを少しでも抑えたかったから、彼女は法廷に立ったのだ。

それだけではないのかもしれないが、大きな理由のひとつだったに違いない。

――人は、誰でも嘘をつく。

本当に大切なものを守り抜くためなら、どんな嘘でもつき通せるのだろう。

「なるほどねえ。モリオには、オレ以外にも協力者がいたんだな」

話を聞き終えた将弘が、いかにも納得したような言い方をした。

「ああ。いみじくもな」

将弘、葵、夕華、ケン、式田、そして、桐子と紫織。みんなのおかげだ。

だから僕は、目的を果たすことができたのだ。

前の車の赤いテールランプを眺めながら、守生は深い感慨を味わっていた。

「ドライブ終了」

将弘が道路脇に車を停めた。横浜駅の目の前だ。

「ごめん、ここで降りてもらっていい?」

「もちろん」

「あ、訊きそびれてたんだけどさ、マーク7持ってどこ行くんだよ?」

守生は「海」とだけ答えた。

将弘は「そうだと思った」とだけ返してきた。

後部座席からサックスケースを取り出す。

「じゃあ、またな。アメリカでがんばって」

「おう。モリオもな。また連絡するよ」

守生が外からドアを閉めると、将弘は白い歯を覗かせて去っていった。

ハイブリッドカー特有の、シンセサイザーのような疑似エンジン音を響かせて。

## 4

一陣の海風が、潮の香りを運んできた。

夏の夜の海辺。半分に欠けた月がくっきりと光っている。

守生が訪れたのは、葉山の海だった。

白亜のロマンチックなイタリアンレストラン。その前の石段を下りた先にある、小さな岩場。

六年前に訪れたときと、何も変わらない。

桐子の遺骨を紫織と一緒に撒いたこと。守生とケンが手伝って、墓から骨壺を取り出したこと。幾多の秘密を底に沈めた海が、ゆらゆらとたゆたっている。

守生がいま暮らしている埼玉の街には、海も大きな川も近くにない。時折、水辺が恋しくてたまらなくなる。どうせ行くなら、葉山の海だ。

そう思って、ここに来てみたのだった。

波と岩がぶつかる音を懐かしく感じながら、サックスケースを足元に置き、その前に腰をかがめる。

「ローズムーンの夜だよ！　待ってるからっ！」

紫織の声が、聞こえたような気がした。

出所後に初めて迎えたローズムーンの晩は、どうしようもなく胸がざわついてしまった。この岩場で待っているかもしれない紫織の顔を、何度も想い返してしまったからだ。

まだまだあどけない、大人になる前の顔。
風に揺れるポニーテール。セーラー服姿のツインテール。
最後に見た、瞳に憂いを宿した笑顔――。
二十歳になった今の姿は、想像することしかできない。
うまく想像ができなくて、いつも十四歳の顔に戻ってしまう。

アホか。待ってるわけがないだろ。あれから何回、ローズムーンが空に現れたと思ってるんだよ。おめでたいヤツだな、まったく。
そう言って聞かせ、「行きたい！」と未練がましく叫ぶ心を黙らせたことを思い出し、守生は小さく笑みを作った。

六月の満月の夜。
ローズムーンのときだけは、ここに来てはいけないと固く胸に誓っていた。
紫織が待っている可能性がゼロではないからだ。
八月の半月の夜。
上弦の月である今夜だから、来ることを自分に許可したのだった。

ケースから取り出したストラップを首にぶらさげる。マウスピースにリードを装着し、ネック部分に差し込む。ネックを楽器本体にはめ込み、本体の裏側にあるフックにストラップをかける。

両手でキーを押さえて楽器を持ち上げ、大きめの岩に腰かけた。ちょうど、椅子くらいの高さの岩だ。

背筋を伸ばし、マウスピースをくわえて音を出す。

――ドレミファソラシドーーシラソファミレド――

完璧にクリアな音。ボディの銀色は艶を失ってしまったが、音の艶は昔と変わらない。

さて……と、頭のリストの中から演奏曲をセレクトする。

半分の月と星の光にぼんやりと照らされた海。この静謐《せいひつ》な風景に合うのは……。

一瞬、クラシックがいいかなと思ったけど、やっぱり、メロディが美しいスタンダードナンバーにしておこう。

守生は両指でキーを押さえ、凪《な》いだ海原に向かって思いきり音を響かせた。

『ムーン・リバー』。

この曲を奏でるたびに、浮かんでくるシーンがある。

オードリー・ヘプバーンふんするヒロインのホリーが、窓辺でギターを抱えてこの曲を弾き語るシーン、ではない。

それはもう、別の場面に変換されてしまった。

五年以上に及んだ刑務所暮らしで、ふとした瞬間に蘇った場面。

早朝点呼での正座中に。

運動場での体操中に。

工場での作業中に。

会話のない食事中に。

わずか十五分間の入浴中に。

毎晩、薄い布団の中で……。

幾度観たのか数えきれないほど、繰り返し繰り返し、心のスクリーンに映し出されたワンシーン。

昭和な香りのする畳の居間。ソファーに座ってサックスの演奏に耳を傾け、愛らしい声で歌うセーラー服の少女。

鳥や魚の命を尊び、自由を渇望した、守生にとっての癒しの女神――。

――Aメロを吹き終えたとき、突然、誰かの両手で視界が遮られた。

「ダーレだ？」

心臓がドクンと跳ね上がり、頭のてっぺんから手足の先まで、全身が硬直した。

くわえていたマウスピースを、唇から遠ざける。

耳元で聞こえた、昔よりも落ち着いた感じのする声を、何度も何度も反芻する。

顔の上部に当てられた左右の手の平が、昔より大きくなったような気がする。

ほんの少しだけ、淡い石鹸の香りがする。

「……そういうお遊びは、ほかでやってくれないかな」

記憶を探って、かつてと同じセリフを口にする。声がひっくり返りそうになった。

「ふふ」

背後にいるであろう紫織が、手を離さずに小さく笑う。

「――なんで、ここに？」

目隠しをされたまま、守生が訊ねる。

「わたし、この上のレストランで働いてるの。すぐそばでひとり暮らししてる。高校は、ちゃんと卒業したよ。親は大学に行けって言ったけど、お祖父ちゃんが好きにさせろって言ってくれた。だから、もう自由なの」

声が少しだけ低くなった気がする。

でも、甘えるような話し方は六年前と変わらない。

「きっとモリオは、ローズムーンの夜には来ないだろうと思ってた。でも、別の日に絶対来る気がしてた。だからね、レストランで張り込むことにしたの。サックスの音が聴こえたから、お店、飛び出してきちゃったよ」

ふいに、頭と背中に重みがかかり、そこだけ熱くなった。

守生の目元を両手で覆ったまま、紫織が身体を押しつけてきたのだ。

自分の顔を、守生の頭にくっつけたのだろう。サラサラとした長い髪の毛が、指のすき間から見える。

「わたしね、約束守ったんだよ。ちゃんと責任取ってよね」

話し声が、かすれてきた。

「ずっと、ずっと、待ってた……」

サックスを持つ手に、ぽつりと水滴が落ちたのを、守生は感じた。

紫織のやわらかな身体が、細かく震えている。

これは、夢なのか？

夢に決まっている。紫織が六年間も、待っていてくれるわけがない。

自分は今、明晰夢を見ているのだ。しばらく見ていなかった明晰夢。五感や色彩も帯びたバーチャルリアリティーな夢。

これはリアルすぎて、現実としか思えないけど。

神様。こんな夢なら、一生覚めなくていいです。

どうか、僕が死ぬまで見させておいてください。

そう心中でつぶやいてから、静かに瞼を閉じた。

闇の中に、小さな光の粒が見える。

ほんのりとピンクがかった光。下からふわりと浮き上がってくる。

最初はひとつ。ふたつ。みっつ。

やがて、無数の光が暗闇の一面に現れた。

まるで雪のように、ピンク色の光が舞い踊っている。

美しくてやさしい、聖なる灯りだ。

珊瑚たちのサマースノーも、きっと、こんなふうに美しいのだろう。

光が消えないように、瞼にギュッと力を入れる。

サックスを膝の上に置いて、目元を覆っている手に自分の両手を重ねた。

そのほっそりとした手は、指は、ただただあったかかった。


「モリオ……」

再び、紫織のかすれ声がした。

「ねえ、なんか言ってよ」

さあ、なんて言おう？

守生はしばらく迷ったあと、紫織の手をそっと振りほどいた。
寄せては返す波の音を聴き、香《かぐわ》しい潮風の薫りを胸いっぱいに吸い込む。
そして――。

これが夢ではないことを祈りながら、ゆっくりと振り返って目を開けた。

本書は、２０１７年に小説家デビューする前から
書き続けていた初の長編小説です。
ずっと温めていた物語に賞を授けてくださった
双葉社の皆様、本書の上梓に協力していただいた
関係者の方々、そして、読んでくださった皆様に、
心から感謝いたします。

２０２０年11月　斎藤千輪